寓言故事
寓意阐释

胡吉振 著

上海交通大学出版社
SHANGHAI JIAO TONG UNIVERSITY PRESS

内容简介

　　本书从数学、经济学、教育学、哲学等多个视角对寓言故事的寓意进行了新颖的阐释,目的是充分挖掘寓言故事的教育意义,使寓言故事焕发新的生机,符合时代发展的需求。通俗而又有深度的寓意阐释是本书的一大亮点。本书对培养开放性思维也有一定的帮助,适合对寓言故事感兴趣的读者阅读,可以帮助中小学生和语文教师拓展视野。

图书在版编目(CIP)数据

　　寓言故事寓意阐释/胡吉振著.—上海:上海交
通大学出版社,2024.6
　　ISBN 978-7-313-30403-2

　　Ⅰ.①寓…　Ⅱ.①胡…　Ⅲ.①寓言-文学研究　Ⅳ.
①I207.7

　　中国国家版本馆 CIP 数据核字(2024)第 051529 号

寓言故事寓意阐释
YUYAN GUSHI YUYI CHANSHI

著　　者:胡吉振

出版发行:上海交通大学出版社　　　　　地　　址:上海市番禺路 951 号
邮政编码:200030　　　　　　　　　　　电　　话:021-64071208
印　　制:上海万卷印刷股份有限公司　　经　　销:全国新华书店
开　　本:710mm×1000mm　1/16　　　印　　张:14
字　　数:242 千字
版　　次:2024 年 6 月第 1 版　　　　　　印　　次:2024 年 6 月第 1 次印刷
书　　号:ISBN 978-7-313-30403-2
定　　价:86.00 元

序

寓言是文学的一种形式，一般而言就是要告诉人们一个道理，这个道理就是寓言故事的寓意。寓言故事的寓意可以说是寓言故事的灵魂或主题思想。一个寓言故事的寓意一般有两个：一个是本身的寓意，另一个就是比喻义或者说推广义。一个寓言故事的寓意似乎是永恒不变的——尤其是在古代那种绝对真理观的影响之下。当代中小学生由于知识经验比较少，他们也可能认为寓言故事的寓意都是固定的、唯一的，甚至是永恒不变的。但是事实并非如此。在数学史上，19世纪下半叶非欧几何的诞生给绝对真理观带来沉重的打击——欧氏几何一统天下的局面被非欧几何的出现打破，数学作为绝对真理的化身开始从高高的神坛上走下来。不仅如此，随着西方哲学的发展，后现代哲学从20世纪60年代产生并发展到今天一直显示出强大的生命力。后现代哲学主要由后现代解释学、后结构主义、新实用主义、建设性后现代主义四大理论流派构成，该理论代表人物有伽达默尔、德里达、福柯、利奥塔、博德里拉、德勒兹、罗蒂、格里芬等。后现代主义哲学本质上与强调理性和人的主体性的现代哲学及其思维方式相对立，以强调否定性、非中心化、不确定性、断裂与破碎、多元化、开放性、创造性为特征。

作为科学典范的数学和追求智慧的哲学都强调真理的相对性和解释的多元性,那么强调寓言故事寓意解释的多元性就是十分有意义的。吉振博士的专著——《寓言故事寓意阐释》就秉承了这样一种精神来阐释寓言故事的多元寓意。本书中的一些寓言故事取材于中小学教材,这对培养学生的开放性思维具有一定的启示,对跨学科学习也有一定的帮助。本书与科普读物具有相同的一面,也就是研究的寓言故事是相同的,但是差异性的一面是这本书在寓言故事的寓意方面挖掘、凝练得比较深入,具有数学与哲学的抽象性。把寓言故事的寓意上升到哲学与数学的高度,这可能与作者的研究专长有关。这本书既是通俗的,也是有深度的,这个深度体现在作者对寓意的创新性阐释方面。既然寓意是寓言故事的灵魂,要对这个灵魂进行理论的创新实属不易,一方面作者要认真地研读寓言故事原文,在深入理解原文和传统寓意的基础上进行寓意的挖掘、提炼、创新等工作;另一方面创新的寓意必须在人们看来能够自圆其说,也要与时俱进,符合时代精神的需要。这本书中的一些新颖的阐释也给人以心灵的震撼,给人一种耳目一新或眼前一亮的感觉,可见吉振博士是下过一番苦功夫才完成本书的。

本书用数学、经济学、教育学、哲学等学科的一些基本理论来阐释一些寓言故事寓意的教育意义。作者在阐释一些寓言故事的过程中可能兼顾了两个视角,这种情况的存在也是具有一定的合理性的。这也在一定程度上说明了一些寓言故事寓意的多元性。

本书用数学的视角阐释寓言故事寓意的部分强调了数学的重要性,或者说理性精神的重要性,如果古人的数学素养达到今天的数学水平,也许这些寓言故事就不存在了。这在一定程度上说明了古代数学的不发达,也在一定程度上强调了数学教育,尤其是数学素养的重要性。经济学视角的阐释涉及部分经济学的知识,可以说,作者在这部分内容中进行了"出其不意"的创新。寓言故事的寓意本身就是有教育意义的,因此,从教育学的视角阐释寓言故事的寓意非常有必要。本书还从哲学的视角来阐释寓言故事的寓意,但是这部分内容并不全部是抽象的,而是抽象与具体的结合。寓言故事本身就是一种具体的文学形式,哲学虽然是抽象的,但是与寓言故事融合之后,其抽象性就会降低,也会变得使人很容易理解。本书的闪光点是可圈可点的,最值得称道的是对一些寓言故事在寓意上进行了创新,这对寓言故事焕发新的生机是很重要的。

胡典顺

2023 年 12 月 6 日写于桂子山

前　言

　　寓言是一种用比喻性的故事来说明深刻道理的文学体裁,大多数都采用了简明的结构、鲜明的形象和夸张与象征的艺术手法。需要强调的是寓言故事说明的道理,也就是寓意,并不是唯一的,而是具有开放性的,不同时代的人们赋予它的寓意可能是不同的。寓言最基本的特征是主题的寄寓性。它总是以此喻彼,以浅喻深,以小喻大,以古喻今。

一、为什么要写这本书

　　今天社会发展速度很快,科技的进步在不断地改变着人类的生活。由于时代的久远和文化的演化,古老的寓言故事最初的寓意已经不能满足时代发展的要求,如何在新的历史时期让旧的寓言故事焕发出新的生机,充分发挥其教育意义和价值,是一件很重要的事。

二、尊重寓言故事的事实与创新性地解读寓言故事的寓意相统一

　　为了充分发挥寓言故事的教育意义和价值,我们不能改变原来的寓言故

事梗概,也就是说我们要尊重寓言故事的历史文化传统,尊重其事实。虽然寓言故事的事实是不可改变的,但是人们对事实的看法或态度是可以改变的,或者说,其寓意阐释是可以与时俱进的。因此笔者的目的并非篡改寓言故事,而是在新的历史时期,为了满足时代发展的要求,创造性地阐释寓言故事的新寓意,让寓意这个寓言故事的灵魂充分发挥教育作用。本书重点就是对这些寓言故事的寓意进行新颖且详尽的解读与探索,力求在满足时代发展和教育需求的同时,培养人的质疑、反思和批判精神。

三、哲学诠释学为寓言故事寓意解释的多元性奠定了理论的基础

按照德国哲学家汉斯-格奥尔格·迦达默尔(Hans-Georg Gadamer)哲学诠释学的观点,作者一旦把作品完成,其作品的解释权就属于读者了。但是读者不是唯一的,因此对于其作品的解释也是多元的,这就体现了后现代主义哲学强调的解释多元性。笔者就秉承这样一种哲学诠释学强调的"读者中心论"思想去挖掘、提炼寓言故事中的寓意,并主要从数学、经济学、教育学、哲学等视角分析寓言故事,并给出区别于传统寓意的新寓意。

在笔者看来,揭示或告诉人们一个经验教训,以寓言故事为镜子教后人遇见类似的事情应该怎么做或不应该怎么做,这就是寓言故事的教育意义和价值。既然是告诉人们一个道理的,那么这个寓言故事的寓意其实在一定程度上就是可以数学化的,毕竟数学是从客观现实世界中抽象出来的,而且具有广泛的应用性。例如"五十步笑一百步""朝三暮四""二桃杀三士"等体现的就是可以数学化的寓意。而很多寓言故事源于现实生活,现实生活问题在某种程度上是跟经济问题有关的,因此从经济学的视角对寓言故事的寓意进行阐释是有一定的合理性的。

寓言故事是文化的一个重要组成部分,而教育具有文化属性,还可以促进文化创新,因此从教育学的角度阐释寓言故事的寓意是很有必要的。例如,从教育学的角度来看,"伤仲永"的故事可以启发人们起点不代表过程和终点,"北风与太阳"的故事可以启发人们不要拿自己的短处与别人的长处相

比。此外,很多寓言故事的寓意也是可以哲学化的。例如,"坐井观天""惊弓之鸟""曲高和寡"等故事就可以从经验主义、现象与本质、共性与差异等角度进行分析。

四、本书的特点:"俗"与"雅"的结合

以上强调从多个视角对寓言故事进行寓意解读,表面上似乎有点脱离通俗读物,可能一些读者被视角中的"哲学""数学""教育"等字眼所吓倒,认为这本书写得应该是很难理解的。其实并非如此,笔者认为本书是"俗"与"雅"的结合。这些寓言故事都是非常大众化且常见的,例如"揠苗助长""刻舟求剑""亡羊补牢"等,因此具有"俗"的特点。但是从这些"俗"的寓言故事中挖掘提炼出新的寓意,"雅"的一方面也就存在了,但是这里的"雅"是建立在"俗"的基础上的,应该说这本书具有"雅"与"俗"相结合的特点。简而言之,寓言故事是"俗"的,寓意是"雅"的。笔者在很多寓言故事内容提要中首先就说明了自己的观点或解读方向,秉承对传统寓言故事寓意的反思、质疑和批判,创造性地分析其新的寓意。

五、本书的取材与基本结构

本书主要取材于中国古代寓言故事、古希腊伊索寓言故事、拉封丹寓言故事等,对这些寓言故事的分析,有数学、经济学、教育学、哲学等多个视角。在人类悠久的历史和灿烂的文化中,各个民族都是有寓言故事的,由于水平和篇幅有限,本书只是挑选了其中一部分寓言故事来进行新的解读。可能有读者认为书中一些寓言故事的诠释是不妥当的,这也可以理解,相关阐释毕竟是笔者的一家之言。

本书在宏观结构上分为四个部分,每个部分包含若干个寓言故事,而且笔者对每一个寓言故事的寓意都进行了新阐释。具体到每一个寓言故事,阐释的逻辑顺序是这样的:首先给出内容提要,其次叙述一下整个寓言故事的

故事情节(若有文言文出处,笔者会先在文中写明原文,再概述故事情节),然后给出传统的寓意,并阐释新的寓意,最后说明该寓言故事带来的启示。

六、本书的跨学科学习

《义务教育数学课程标准(2022 年版)》和《义务教育语文课程标准(2022年版)》都强调了跨学科学习的重要性。本书从多个视角阐释寓言故事的寓意,这在某种程度上也是一种跨学科的尝试,当然主要是语文学科与数学、哲学等学科之间的联系和结合。本书应用的都是比较简单的数学、经济学、教育学和哲学知识,对各个学段的学生和老师来说都是比较容易理解的。

本书在写作过程中得到了很多同事、朋友和老师的大力支持! 首先感谢丽水学院各级领导的大力支持和帮助。其次,特别感谢丽水学院教师教育学院的陶然教授、方相成教授,湖南科技大学张伟平副教授,江西科技师范大学林子植副教授,河南师范大学王允博士为笔者撰写本书提出的宝贵意见与建议! 需要特别强调的是,笔者的博士生导师——华中师范大学的胡典顺教授在百忙之中也针对本书提出了宝贵的建议,并欣然给本书写了序言,在此表示衷心感谢!

由于笔者水平与学识有限,书中难免有缺点和错误之处,殷切希望相关领域的学者专家和读者多多给予指正。

胡吉振

2023 年 9 月 1 日

目　　录

寓言故事寓意阐释

目

录

二桃杀三士：数学知识重要

内容提要

　　两个桃子三个人分，在现代人看来如此简单的问题在古代竟然造成三个武士的死亡，足见分数的重要性。因此一定要好好学习数学知识，以解决更多的现实生活问题。

一、寓言故事与传统寓意

"二桃杀三士"的故事原文如下：

　　公孙接、田开疆、古冶子事景公，以勇力搏虎闻。晏子过而趋，三子者不起。

　　晏子入见公曰："臣闻明君之蓄勇力之士也，上有君臣之义，下有长率之伦，内可以禁暴，外可以威敌，上利其功，下服其勇，故尊其位，重其禄。今君之蓄勇力之士也,上无君臣之义,下无长率之伦,内不可以禁暴,外不可以威敌,此危国之器也,不若去之。"

公曰:"三子者,搏之恐不得,刺之恐不中也。"

晏子曰:"此皆力攻勍敌之人也,无长幼之礼。"因请公使人少馈之二桃,曰:"三子何不计功而食桃?"

公孙接……援桃而起。

田开疆……援桃而起。

古冶子……抽剑而起。

公孙接、田开疆曰:"吾勇不子若,功不子逮,取桃不让,是贪也;然而不死,无勇也。"皆反其桃,挈领而死。

古冶子曰:"二子死之,冶独生之,不仁;耻人以言,而夸其声,不义;恨乎所行,不死,无勇。虽然,二子同桃而节,冶专桃而宜。"亦反其桃,挈领而死。

……[1]

"二桃杀三士"讲的是齐景公用三个桃子除掉公孙接、田开疆、古冶子三位勇士的故事。三人都立过大功,但都恃功而傲,不可一世。齐相晏子劝齐景公除掉三人,但他们武功超人,齐景公无法以力取胜。于是,晏子请求齐景公给三人送去两个桃子,让他们三人论功大小分桃子。三人互不相让,最后弃桃自杀。

在"二桃杀三士"这个寓言故事中,晏子巧妙地利用矛盾,不费吹灰之力,不露一点声色,只靠着两颗桃子,兵不血刃就除掉了三个居功自傲的谋逆之臣,又不得罪齐景公,让人不由赞佩他高超的计谋和智慧。同时,三员武将以匹夫之勇,恃才傲物,彼此相互争功,最终自尝苦果,让人唏嘘。梁小民在《寓言中的经济学》中强调激励制度的重要性[2],还有学者认为"二桃杀三士"与"抽屉原理"是有关系的[3-4]。骄狂必惹来众多非议,最终自取祸败,以上是这则寓言故事的传统寓意。同时,该寓言故事也告诉我们,遇事要先冷静思考,权衡利弊,再采取行动。如果心血来潮,感情用事或贸然行事,可能会招致杀身之祸。下面笔者将从分数视角阐释该寓言故事的寓意。

二、分数视角的寓意阐释

这个寓言故事是晏子向三个武士提出了一个数学问题——三个人如何分配两个桃子？显然"二桃杀三士"与分数的关系十分密切。这个问题对学过分数或小数四则运算的学生来讲是很容易的,但是如此简单的问题却难倒了 2500 多年前的三个英雄好汉。如果三个武士看清晏子的阴谋的话,这个分桃子的问题就不成问题了;三个武士如果虚怀若谷,有谦让之心的话,也是可以逃过这一劫的;三个武士如果学习一点分数或小数的知识,就可能顺利解决这个桃子的分配问题,也就可以避免自杀身亡。晏子提出的这个数学问题涉及分数的相关知识。在小学数学课本中,分数的意义是相当丰富的,其中最重要的是"平均分"的思想[5],但是"平均分"有时仅仅是一种理想,在很多情况下,绝对的"平均"是无法实现的,而相对的"平均"却可以实现。例如在这个故事中,按照"平均分"的思想,每个武士可以获取大约 0.666 个桃子,具体分法如下:一共两个桃子,首先用刀把其中一个桃子切成相等的两部分,然后再把另一个桃子切成相等的两部分,这样两个桃子被均等地分成四部分,三个武士首先每个人拿走一部分,也就是每个武士首先都分得 0.5 个桃子;然后再切剩下的 0.5 个桃子,将其切成相等的两部分,再将这两部分分别切成相等的两部分,这样剩下的半个桃子又像原来的两个桃子一样被分成四部分,每个武士都拿走其中的一部分,剩下的一部分再平均分成四部分,每个武士又都拿走其中的一部分……如此循环操作,直到桃子小得不能再分了就基本上分完了。每个武士应该都不会对这种分法提出异议——因为这种分法秉承了公平的原则。如果说按照三个武士的贡献大小来分桃子,我们可以采用比例的形式。例如采用 5:3:2 或 8:7:5 等比例来切分也是可以的,如果能除尽最好,除不尽的话就像上面"平均分"的例子那样无限地分下去,直到无法再分了或大家都接受了就结束。从以上可以看出,三士分二桃这个问题并不是不可解决的,但是我们也必须承认,解决这个问题是离不开数学知识的或者说是需要方法的。"二桃杀三士"这个寓言故事在某种程度上反映了当时数学知识的贫乏性,晏子既然给三个武士提出这样一个难题,就说明当时的数学水平很有可能不是太高,两个东西三个人来分可能就是当时无法解决的难题——至少一般人会这样认为;该寓言故事也说明了如果三位武士不追求绝对的公平,而是追求相对的公平,问题也是可以得到圆满解决的。小学数学教材也有近似数这方面的相关内容[6]——这就体现了一种近似或相对公平的数学哲学理念。

三、启示

通过以上分析可以看出数学知识和数学教育的重要性。三个武士没有分数或小数的观念,但还有一种可能,他们有分的思想,却不知道怎么分。他们仅仅会计算整除情况下的除法,而不会计算不能整除甚至是除不尽的情况下的除法;这反过来也说明晏子已经认识到两个桃子三个人分是无法实现绝对的"平均"的,他用自己的知识给了不懂这个知识的三个武士一个难题。从这个寓言故事中我们也能体会到知识就是力量,尤其是数学知识。如果这三位武士学过分数或小数的四则运算的相关知识,他们肯定能够很妥当地分配两个桃子,而不至于自杀身亡。从这个角度来讲,数学知识是可以救命的。因此,学习数学是很有用的。这个故事也可以写入小学数学课本中与分数或小数相关的章节,尤其是涉及对分数的初步认识的章节。

在数学教育界,人们经常说要以数学的眼光观察现实世界,本文就秉承了这样一种理念,用数学的眼光观察中国古代的寓言故事。"二桃杀三士"这个寓言故事涉及财富或劳动成果的分配问题,在小学数学课本中与之相对应的就是分数和小数的数学概念。"二桃杀三士"不仅是一个现实生活问题,更是一个学术问题,它对培养学生对数学的兴趣也有着积极的意义和教育价值。

❀ **参考文献** ·

[1] 汤化. 晏子春秋[M]. 北京:中华书局,2015:152-156.

[2] 梁小民. 寓言中的经济学[M]. 北京:北京大学出版社,2005:262-267.

[3] 王宝琪. "二桃杀三士"里的抽屉原理[J]. 数学大世界(小学5—6年级版),2015(10):20-21.

［4］吴永刚.三士分桃与抽屉原理［J］.中学数学教学参考,2006(14):58－59.

［5］人民教育出版社,课程教材研究所,小学数学课程教材研究开发中心.义务教育教科书数学(五年级下册)［M］.北京:人民教育出版社,2014:46.

［6］人民教育出版社,课程教材研究所,小学数学课程教材研究开发中心.义务教育教科书数学(四年级下册)［M］.北京:人民教育出版社,2014:52.

二桃杀三士：数学知识重要

朝三暮四:猴子不懂加法交换律

 内容提要

在数学上,加法的和与加数的顺序是没有关系的。但是猴子不懂加法交换律,所以才与养猴人展开"谈判",其结果当然是猴子上当受骗。因此,数学知识对培养人的理性精神是非常重要的。

一、寓言故事与传统寓意

"朝三暮四"的故事原文如下:

狙公赋芧,曰:"朝三而暮四。"众狙皆怒。曰:"然则朝四而暮三。"众狙皆悦。名实未亏,而喜怒为用,亦因是也。[1]

"朝三暮四"讲了一个养猴人(狙公)发山栗的故事。他对猴子说:"早上三个,晚上四个,够吃的吧?"众猴子听到之后大发脾气。养猴人过了一会又说:"早上给你们四个,晚上给你们三个,可以了吧?"众猴子听了之后,都高兴地趴伏在地上。后人由此提炼出"朝三暮四"这个寓言故事。

"朝三暮四"原比喻聪明人善于使用手段,愚笨的人不善于辨别事情,后来形容反复无常。笔者认为,"朝三暮四"这个寓言故事也在告诉人们,要善于透过现象看清本质,因为无论形式有多少种,本质只有一种;看问题不要只停留在表面或被表面现象所迷惑,应该看到其本质。

二、加法交换律视角的寓意阐释

从数学角度来看,这群猴子不懂数学上的加法交换律。如果猴子们懂加法交换律,知道 3+4=4+3=7,它们肯定不同意主人这样做。"朝三暮四"其实就是一个数学上的交换律问题。当然也有一种可能是猴子压根就不懂加法是什么,这只是碰巧出现的一种情况,具有随机性或偶然性:当养猴人第一次许诺的时候,猴子们不同意;而当狙公第二次许诺的时候,猴子们却同意了。应该再实验几次就能知道造成"朝三暮四"的是偶然因素还是必然因素了。如果几次实验中养猴人都是这样说,猴子都是这样表态,就说明猴子的表态不具有偶然性,养猴人与猴子之间在语言上建立了对应的关系;否则就是有偶然性的。另外,猴子虽然听养猴人的话,但是如果吃不饱肚子,仍然是要找养猴人算账的——这也是有可能的。养猴人的这种行为不诚实,其实并不值得提倡。猴子如果懂得加法交换律,就能懂得主人给它们分配食物的本质,就不会被迷惑。可见数学可以培养人的理性精神,学点数学知识是很有用的,这群猴子如果学习了加法的交换律就不会上养猴人的当了。

三、启示

"朝三暮四"的故事充满了生活气息,可以写入小学数学课本中关于加法交换律的相关章节,让学生懂得学习数学知识、接受数学教育的重要性。

❀ **参考文献** ·

[1] 方勇.庄子[M].北京:中华书局,2015:26－28.

寓言故事寓意阐释

五十步笑一百步：量化精神重要

 **内容提要**

　　"五十步笑一百步"反映了古人缺少量化的思想，也没有看到量变与质变的基本规律：量的积累能够达到质的飞跃。

一、寓言故事与传统寓意

"五十步笑一百步"的故事原文如下：

　　梁惠王曰："寡人之于国也，尽心焉耳矣。河内凶，则移其民于河东，移其粟于河内。河东凶亦然。察邻国之政，无如寡人之用心者。邻国之民不加少，寡人之民不加多，何也？"

　　孟子对曰："王好战，请以战喻。填然鼓之，兵刃既接，弃甲曳兵而走，或百步而后止，或五十步而后止。以五十步笑百步，则何如？"

曰："不可。直不百步耳,是亦走也。"

曰："王如知此,则无望民之多于邻国也……"[1]

"五十步笑一百步"讲的是孟子劝说梁惠王的故事。梁惠王问孟子："我对国家真是尽心尽力了,如果河内地方遇到饥荒,我便把那儿的居民迁到河东,还把河东的粮食调到河内。河东出现同样的灾情,我也照样这样做。可我们魏国的百姓还是没有增多,邻国百姓也不见减少,这是什么道理呀?"孟子说："我拿战争来打个比方吧。一次两国交战,一方的士卒刚听到鼓点,就抛下盔甲、拖着兵器逃跑。有的士卒跑了一百步远,有的士卒跑了五十步就停住了。如果跑五十步的士卒讥笑跑一百步的士卒,怎么样?"梁惠王说："跑五十步也是逃跑,干吗耻笑跑一百步的?"

"五十步笑一百步"本义是作战时后退了五十步的人嘲笑后退一百步的人,后用来比喻自己跟别人有同样的缺点或错误,只是程度上轻一些,可是却讥笑别人。目前,普遍的观点是退五十步与退一百步没有区别,"五十步笑一百步"是一个贬义词,仅有很少的文献从定量以及量变和质变的角度分析这个"五十步笑一百步"的故事。[2-3]笔者从量化的视角分析这个寓言故事,认为"五十步笑一百步"至少是一个中性词。

二、量化视角的寓意阐释

五十步和一百步相差太大,是需要量化的,在战场上更是如此。若不考虑逃兵的性质问题,仅从生命危险的角度分析,在古代使用冷兵器作战的战场上,退五十步与退一百步之间的危险程度是不同的,退五十步的士兵可能有生命危险,要与敌人厮杀,但是退一百步的士兵就可能安全地活下去。再者说,如果要按照数量制定惩罚的标准,那后退五十步与后退一百步的惩罚也应是不一样的。现代社会参加考试的时候我们都有这样的体会,差一分就可能与某个名校失之交臂,多一分就可能考上理想的学校。如果梁惠王和孟子处于我们这个时代,也许他们就不会忽视退五十步和退一百步这个巨大的差距了。从法律的罪罚相匹配的角度来讲,偷一只鸡的罪与偷几百只或几千只鸡的罪肯定是不同的。现当代科学的量化精神早已经深入人心,但是古人未必有这种量化的思想,他们可能仅仅是定性地对事物的数量关系进行描述,而不太关注事物数量之间的差距,或者说他们没有意识到这个差距在一定情况下可能产生性质的变化。

在中国文化中还有一句话叫"差之毫厘,谬以千里",这种思想就是量化的思想。量化虽然不是哲学的概念,但是也体现了一种科学精神。

三、启示

通过以上分析可以看出,五十步不能笑一百步是缺乏量化思想的,仅仅是对事物的不精确的刻画,或者说仅仅是一种定性的描述。我们要学着用量化思维看待问题,认识到量的积累是可以达到质的飞跃的,不忽视量变之后的质变。

❀ 参考文献 ·

[1] 方勇.孟子[M].北京:中华书局,2015:5.
[2] 贺玉麟."五十步笑百步"与定量分析[J].江西教育,1990(Z1):25.
[3] 叶发君."五十步笑百步"的感悟[J].中学语文教学参考,2019(09):75 - 76.

守株待兔：强调随机性与归纳法

 **内容提要**

　　在数学上，随机性现象不是确定性现象，宋国农夫把随机性现象当作确定性现象来看待当然是错误的。在某种程度上，守株待兔也不符合数学中归纳法的基本思想。

一、寓言故事与传统寓意

"守株待兔"的故事原文如下：

　　宋人有耕田者，田中有株，兔走触株，折颈而死，因释其耒而守其株，冀复得兔。兔不可复得，而身为宋国笑。今欲以先王之政，治当世之民，皆守株之类也。[1]

"守株待兔"讲的是宋国有个农民,他的田地里有一个树桩,有一天一只兔子奔跑时撞到树桩上碰断脖子死了,这个农民因此就放下农具而守候在树桩旁,希望再次得到死兔子。兔子当然不可能再被他得到了,而他自己却受到宋国人的嘲笑。

"守株待兔"通常被人们认为是贬义词,原先比喻企图不经过努力而获得成功的侥幸心理。"守株待兔"类似于"啃老",只不过"啃老族""守"的是老人,"待"的是金钱,两者都是不值得提倡的不劳而获的心理。现在"守株待兔"也比喻死守狭隘的经验,不知变通,或者说死守教条。

一只兔子被撞死了,这个是事实经验或者说是现象,而不是一些书本上的教条主义,这个农夫最多是一个经验主义者。也有学者将该故事解释为农夫自己不努力,光想好事。这个观点笔者是不同意的,作为追求幸福的人类来讲,想好事是人们追求幸福的本能,是没有错的。农夫真正错在把随机性现象当作确定性现象,所以他等不来错误归纳的结果。

二、随机性与归纳法视角的阐释

现代统计学认为,从大的方面来说,这个世界的很多现象可以分为确定性现象与随机性现象。什么是确定性现象?在实验之前就能断定它有一个确定的结果,这种类型的实验所对应的现象被称为"确定性现象"。[2] 例如"人总会死的""桃子不抓住,必然往下落"等等。这类现象是人类很早就渴望得到的,自古以来人们都希望追求确定性的真理。还有一类是偶然性现象,也被称作"随机性现象",这类现象也是很多的,甚至比确定性现象要多得多。所谓随机性现象就是随着情况而定的现象,或者说事先不能确定的现象,例如买彩票中大奖,一年后的今天是否会下雨等等。"守株待兔"就属于偶然性现象或随机性现象,更确切地说属于随机性现象中的小概率事件。但是,"守株待兔"在农夫看来却是确定性现象,显然这是不对的。

一只兔子撞死只是事实经验或者说现象,并不是事物的本质,但农夫却从一开始就对现象而不是本质进行归纳,对现象归纳当然不可能得到真理。农夫看到一只兔子撞死在树桩上,心想第二只兔子、第三只兔子……第 n 只兔子也同样会撞死在树桩上,这就不符合用数学归纳法探索真理的规则。数学上的自然归纳法一般分三步走,即先假设 k＝1(k 在很多情况下不是从等于 1 开始的,而是从大于 1 的其他自然数开始的)时命题成立,再假设 k＝n 时命题成立,最后根据以上假设来证明 k＝n＋1 时命题成立,这样三步之后才可以下结论。显然"守株待兔"中的农夫在第一步 k＝1 的时候就下结论了,这个结论下得太早了,从这点来讲他的做法就是错误的。如果这个农夫学习过归纳法的知识,他就不会那么执着地"待兔"了。

三、启示

以上两个视角说明不能把随机性现象(事件)当确定性现象(事件),也说明在中国古代社会,人们对随机性现象的理解不是太多。同样数学归纳法需要"三步走",而且在数学上也并不是所有的归纳法得出的结论都是正确的。如果宋国的老农学习一点概率统计或归纳法的知识,也许他就不会"守株待兔"了。

对于"守株待兔"这个寓言故事我们应该采用与时俱进的观点去阐释其寓意,而不应该囿于已有的解释。由于中国古代社会的数学不太发达,古人没有站在数学的视角来解释这种现象或认真对待这个问题。但是时代是发展的,"守株待兔"的寓意也应该是与时俱进的,从统计学的视角来解释这个寓言故事就是我们不能把随机性现象当作经常发生的确定性现象来看待。确定性现象与随机性现象是有本质的区别的;另外,也可以用归纳法的基本原理来分析"守株待兔"产生错误的根源,但需要注意的是,由归纳法得出的结论也未必都是正确的。笔者认为"守株待兔"的故事不仅可以写入小学语文教材之中,也可以写入小学数学教材之中,以此说明学习概率与统计知识的重要性和学会归纳推理的重要性。

❀ 参考文献·

［1］高华平,王齐洲,张三夕.韩非子[M].北京:中华书局,2015:698-699.

［2］魏宗舒等.概率论与数理统计教程[M].2 版.北京:高等教育出版社,2008:1-2.

郑人买履：没有奥卡姆剃刀精神

 **内容提要**

　　郑人在家里测量脚长的做法是多余的，他应该直接到集市上用脚试穿鞋子，最适合脚的鞋子就是他应该买的鞋子。在现实生活中，我们做很多事情时都应该秉承"奥卡姆剃刀"的精神。

一、寓言故事与传统寓意

"郑人买履"的故事原文如下：

　　郑人有且置履者，先自度其足而置之其坐，至之市而忘操之。已得履，乃曰："吾忘持度。"反归取之。乃反，市罢，遂不得履。人曰："何不试之以足？"曰："宁信度，无自信也。"[1]

"郑人买履"讲的是一个郑国人买鞋的故事。他先量了量自己的脚,记下尺码,放在座位上。等到去集市的时候,却忘记了带它。鞋已经挑选好了,他才忽然想起来忘记带尺码了。然后,急忙回家去取。等他赶回来的时候,集市已经散了,于是没买到鞋。有人问他为什么不用脚试试,他却说比起自己的脚,他更相信尺码。

这个寓言故事揭示了郑人拘泥于教条心理、依赖数据的习惯,讥讽了墨守成规而不重视实际的人。

二、"奥卡姆剃刀"视角的阐释

我们很容易发现郑人在家用尺子测量脚的长度有点多此一举或画蛇添足。他既然要亲自到集市上去买鞋,就根本用不到尺子,直接用脚来测量鞋即可,最符合他脚的鞋就是他需要买的鞋。他到集市上以后应该直接寻找与自己脚长比较接近的鞋来试穿,通过试穿的方式找到最适合自己脚的鞋。哪双鞋穿在脚上舒服就买哪双鞋。这个郑人没有秉承大道至简的精神,更没有秉承西方中世纪的逻辑学家威廉·奥卡姆的"奥卡姆剃刀"精神。"奥卡姆剃刀"也可以称为"思维经济原则",这一原则可以这样表述:如无必要,勿增实体。也就是说在解释具体现象时应尽量少使用玄奥抽象的实体概念。[2] 在这个寓言故事中,郑人违背了思维经济的原则,在买鞋的过程中缺乏理性的质疑、反思和批判精神。他在家测量脚长是多余的,最简洁的方式就是来到集市上直接用脚去试穿鞋子,哪个鞋合脚就选择哪个鞋。因为尺子仅仅是一个中介,而且在信息传递过程中,这种中介越多,信息误差就越大。应用中介肯定是不符合"奥卡姆剃刀"精神的,因为秉承"奥卡姆剃刀"的精神就必须把作为中介的尺子去掉。

三、启示

这个买鞋的郑国人犯了一个错误:他没有认识到直接用脚试鞋比用尺子间

接测量鞋更为合理。脚之所以比尺子在买鞋方面更为重要,是因为用尺子测量出来的仅仅是一个长度。脚是立体的,有三个维度,尺子的测量无法全面地反映出物体三个维度的信息情况。例如,脚的肥胖情况就无法通过尺子的测量反映出来。从这个意义上讲,用脚作为标准测量出的信息比用尺子作为标准测量出的信息可能更为丰富一些,而且用脚作为标准测量出的数据比用尺子作为标准测量出的数据更为精确——可以减少间接测量的误差。在这个寓言故事中脚本身的信息相当于一手资料,而用尺子测量的脚长仅仅是脚的二手资料,而且也是不完全反映脚的宽度或高度等信息的资料,因此我们应该秉承"奥卡姆剃刀"精神,找到最合理、最简单的问题解决方式,节约自己宝贵的时间和精力。

❀ **参考文献** ·

[1] 高华平,王齐洲,张三夕.韩非子[M].北京:中华书局,2015:415-416.
[2] 邓晓芒,赵林.西方哲学史(修订版)[M].北京:高等教育出版社,2014:114.

郑人买履:没有奥卡姆剃刀精神

纸上谈兵：确定性理论
与随机性现象

 **内容提要**

　　战场上的千变万化不是查兵书就可以应对的，"纸上谈兵"的寓言故事同样是用纸上的确定性理论来解释战场上的无穷多的随机性现象，这当然是不可能实现的。换言之，确定性理论可以解释确定性现象，随机性理论可以解释随机性现象，两者不能相互解释。

一、寓言故事与传统寓意

"纸上谈兵"的故事原文如下：

　　赵括自少时学兵法，言兵事，以天下莫能当。尝与其父奢言兵事，奢不能难，然不谓善。括母问奢其故，奢曰："兵，死地也，而括易言之。使赵不将括即已，若必将之，破赵军者必括也。"[1]

"纸上谈兵"讲的是战国时赵国名将赵奢的儿子赵括,少时学兵法,善于谈兵,后来代廉颇为赵将,只照搬兵书,不知变通,结果在长平之战中被秦兵打败的故事。

　　"纸上谈兵"比喻只凭书本知识空发议论,不能解决实际问题。在中国知网上有很多关于这个寓言故事的参考文献,学者对其都持一种否定的态度。[2-5]对于这种否定态度,笔者也是认可的,但是笔者想从确定性理论与随机性现象的视角对这个寓言故事进行阐释。

二、确定性理论与随机性现象视角的阐释

　　首先,"纸上"的世界是一个理论化的世界,从科学的观点来讲,纸上世界基本上是一个确定性的世界,例如树上的桃子成熟了不会向天上飞,而只会向地上落。爱因斯坦说:"上帝不会掷骰子。"[6]西方国家的一些权威人士,甚至某些神学家也强调,因为上帝决定世间万物,所以对上帝来说没有什么是随机的。但是现实生活中的很多现象都是随机性的,因为人类现实生活的世界就不是一个确定性的世界,而是一个随机性的世界,否则人类的早期也就没有占卜的说法了,也不会产生抽签、算卦之类的活动。古代社会无论是东方还是西方都有占卜或占星之类的活动,其实这些活动的本质就是把将来世界要发生的随机性现象或不确定性现象当作可以用已知理论解释的确定性现象,这种思想当然是错误的。在古代人类出现占星、占卜、抽签、算卦等社会活动的一个重要原因是概率与统计学知识的匮乏。现实世界与书上的理论世界不是一一对应的。"纸上谈兵"的赵括用确定的理论指导不确定的现实实践活动是不科学的,必然遭到失败。这也说明了理论是理论,实践是实践,我们不要过分强调两者的统一性,而不考虑两者的区分性。用哲学理论来讲,不要过分地强调事物的共相,也要强调事物的殊相。作战是一个技术活,游泳或开车也是一个技术活,但是作战比游泳还要难以把握,因为游泳的客观情况基本上是已知的,但是作战时的客观情况却是未知的。而且战场上的人性比水性更复杂,纸上的理论很难帮助将士们实现在人心

难测的战场上胜利的美梦。另外有了作战的理论，作战的技能水平就会突飞猛进地提高吗？显然这是不可能的。在实践中不断地摸索、感悟、总结规律，理论才能发挥作用。但是"纸上谈兵"的赵括及相关的人员没有考虑到以上情况，这可能是问题的关键。

三、启示

"纸上谈兵"这个故事从根本上讲是一个认识论问题，人们可以很好地把握确定性现象，却未必能很好地把握随机性现象。纸上的世界就是确定性现象，而现实生活中的世界是随机性现象，用确定性世界的理论来推测现实生活世界的不确定性现象，当然是不可靠的。这个寓言故事从科学的角度来讲就是理论世界虽然来自现实生活世界，但是理论世界与现实生活世界是很难建立对应关系的，用对理论世界的认识解释现实生活实践活动是不妥当的。用确定性的理论去解释不确定性或随机性现象肯定是达不到目的的。当然这对教学管理也是有一定的启示的，学生与老师是教学的两个最重要的主体，老师要想更好地管理学生，就不能像赵括那样"纸上谈兵"或者仅仅从理论出发，而是要从学生的现实情况出发。

❀ 参考文献 ·

［1］司马迁.史记:评注本［M］.甘宏伟，江俊伟，注.武汉:崇文书局，2009:482.

［2］龚俊波.青年教师培养岂能"纸上谈兵"［J］.教育科学论坛，2020(32):1.

［3］唐国平.制度建设别纸上谈兵［J］.大社会，2020(09):1.

［4］颜廷录."纸上谈兵"与《孙子兵法》的企业应用［J］.孙子研究，2020(01):111-116.

［5］刘建明.安全管理拒绝纸上谈兵［J］.安全与健康，2019(03):38.

［6］张延年，汪青杰.暗物质与宇宙模型［M］.北京:中国建材工业出版社，2019:66.

按图索骥：抓住事物本质做判断

 **内容提要**

　　"按图索骥"也像"纸上谈兵"一样，用确定性理论去解释随机性现象，当然一般不可能获取成功；伯乐的儿子没有抓住千里马的本质，甚至连马的本质都没有认识到。他仅仅关注到千里马的现象层面，这也是他相马失败的原因。这个故事再次强调了数学、统计学和哲学的重要性，因为这些学科对认识事物的本质是有帮助的。

一、寓言故事与传统寓意

"按图索骥"的故事原文如下：

　　今不循伯者之道，乃欲以三代选举之法取当时之士，犹察伯乐之图，求骐骥于市，而不可得，亦已明矣。[1]

"按图索骥"讲的是按照伯乐画的骏马图去集市上寻找千里马，绝对不可能找到的故事。伯乐是古代著名的相马专家，他在鉴别马匹方面积累了丰富的经验，写了一本《相马经》。伯乐的儿子很想学到相马的本领，就从早到晚捧着《相马经》念，把它背得滚瓜烂熟。

有一天，伯乐的儿子洋洋自得地说："父亲，您的相马本领，我都学会了。"伯乐听了微微一笑，说："那好吧，你去找一匹千里马来，让我鉴定鉴定。"伯乐的儿子满口答应，带着《相马经》出门了。他一面走一面还在背诵："千里马额头隆起，双眼突出，四蹄犹如叠起的酒药饼子。"他边走边找，看见大大小小的动物，都要跟《相马经》上的标准对照一番。但是，有的只符合一条，有的一条也不符合。

终于，伯乐的儿子在池塘边发现一只癞蛤蟆鼓着双眼，"呱呱呱"地叫个不停。他对照《相马经》端详了好半天，然后把癞蛤蟆抱起来，兴冲冲地跑回家对父亲说："千里马可真不好找，您定的条件太高了，我好不容易在池塘边找到一匹，额头和双眼与您书上说的差不多，就是蹄子不像酒药饼子，您给鉴定鉴定吧。"

伯乐哭笑不得，只好说："你抓的'马'太爱跳了，不好骑呀！"[2]

伯乐的儿子生搬硬套书上的内容，最终闹出了笑话。在学习中，我们也要特别注意，不能墨守成规，死守教条，而要学会灵活地处理问题，具体问题具体分析。

二、事物本质视角的阐释

这个寓言故事的寓意不是那么简单。首先，千里马是马，也就是说千里马是属于马这个概念范畴的。如果说一个东西是千里马，那它首先就应该是马，如果一个东西连马都不是，那它就更不会是千里马了。伯乐的儿子没有把握马和癞蛤蟆的概念的本质，尤其是没有认识到两者的区别。对事物的概念下定义一般采用属加种差的方式。上面强调的千里马首先是马，在此基础上才可能是千里马，这种方式就是属加种差的思维方式。

三、启示

从这个故事中我们可以看到认识事物本质的重要性。"按图索骥"这个寓言故事还有另一层深意：图是确定的，但是骥是随机的，甚至是个性化的。按照确定的图去寻找不确定的千里马显然是不合适的，也就是说不能用确定性理论来解释或阐释随机性的生活现象，否则我们得到的结论或结果在很多情况下是不正确的。

✿ **参考文献**

［1］班固.汉书[M].北京：线装书局，2021：1093.

［2］刘敬余.中国古今寓言[M].北京：北京教育出版社，2020：24 - 25.

狼来了：强调诚实是可以量化的

 内容提要

　　人的品德是可以量化的，诚实便是如此。牧羊人撒谎的次数越多，他的可信度越低，低到一定程度就没有人相信他的话了，于是悲剧就产生了。

一、寓言故事与传统寓意

"狼来了"的故事情节如下：

　　有个牧羊人赶着羊群到距村子较远的地方去放牧。他常常恶作剧，大声嚷道狼来袭击他的羊群了，向村里人呼救。有两三次，村里人慌慌张张地闻声赶来，发现受了愚弄，便都回去了。没想到，后来狼真的来吃他的羊了。牧人声嘶力竭地向村民呼救，大家以为他又像往常那样在开玩笑，没有搭理他。于是，牧羊人的羊全被狼吃了。[1]

这个故事的传统寓意是：撒谎是一种不好的行为，它既不尊重别人，也会失去别人对自己的信任。这个故事告诉大家做人应诚实，不应该通过说谎来达到自己的目的，更不能以说谎去愚弄他人，说谎对自己、对别人都没有好处。"狼来了"的寓言故事强调了诚实的重要性，但是从数学的角度来讲，还有很多值得挖掘的寓意。

二、量化视角的阐释

首先，这个牧羊人不懂得数学中归纳法的思想，或者说他对数学中的归纳法一知半解。他说谎话说惯了，他认为他一喊狼来了，人们都得去救他。但是我们知道归纳法在数学中作为合情推理的一个重要组成部分，其推出的结论未必是正确的或是真的。牧羊人通过人们一次两次的行为就想归纳出人们的一般行为，这显然是错误的。这个牧羊人如果学了数学归纳法并真正地理解归纳法的思想，或如果他知道由归纳法推出的结论在一些情况下是错误的，也许就不会这样捉弄人了。可见数学知识是很重要的，学习数学知识在一定程度上可以培养人良好的优秀品德，当然也会给自己带来安全感。其次，在哲学上的一对范畴叫"量变"与"质变"，这个牧羊人仅仅看到了量变——他每次撒谎村里人都会来的，他认为再撒一次谎人们还是会来的，但是他没有想到随着他撒谎次数的增多，人们已经不再相信他说的话了。他的撒谎次数积累到一定程度就引起了质变——人们不再相信他了，所以当狼再次来的时候，人们就不再去救他和他的羊，故悲剧就产生了。

三、启示

中国历史上"烽火戏诸侯"的故事也有着类似的道理，周幽王的不诚实导致了西周灭亡的悲剧。因此我们一定要记住，人的品德是可以量化的。一次次的诚实可以积累别人对我们的信任,而一次次的欺骗会导致别人远离我们。

❀ 参考文献 ·

[1] 伊索. 伊索寓言全集[M]. 李汝仪, 译. 南京:译林出版社, 2019:223 - 224.

寓言故事寓意阐释

龟兔赛跑：小概率事件与确定性事件

 **内容提要**

　　事物的表象有时会遮蔽我们的眼睛，让我们做出错误的判断。龟兔赛跑就是这样，虽然乌龟胜利了，兔子失败了，但是有谁相信乌龟比兔子跑得快呢？在现象与本质面前，在随机的个例与普遍的真理面前，我们都应该选择后者，而不是前者。

一、寓言故事与传统寓意

"龟兔赛跑"的故事情节如下：

　　乌龟和野兔争论谁跑得快。他们最终约定了比赛的时间和地点，便分手了。野兔倚仗天生腿脚迅捷，并不急于动身，竟然躺在路边呼呼入睡了。乌龟深知自己步履缓慢，片刻不停地朝前爬行，超过了睡着的野兔，率先到达终点,赢得了比赛的胜利。[1]

这则寓言的传统寓意是:不要轻视他人,虚心使人进步,骄傲使人落后,稳扎稳打才能获得胜利。笔者认为,这个阐释太平淡无味,仅仅停留在龟兔赛跑的现象层面,没有深入地剖析龟兔赛跑的数学哲学根源。有学者强调龟兔赛跑是数学上的一个追赶问题[2-3];有学者把龟兔赛跑诠释为抽象代数或近世代数中的"群"理论[4];也有学者从哲学角度进行分析,其阐释虽然涉及柏拉图的理念论[5],但是过于宽泛;还有学者从管理学的角度论证这个问题[6]。

二、概率与统计、现象与本质视角的阐释

笔者从探索真理的角度来对"龟兔赛跑"的故事进行解析,主要从以下两个方面展开:一是从哲学——主要是从古希腊哲学家柏拉图的理念论视角进行论证;二是从概率与统计的视角来论证。前一方面的论证主要揭示了"龟兔赛跑"的故事颠倒了本质与现象的关系;后一方面的论证揭示了"龟兔赛跑"的故事混淆了必然性和偶然性的关系。

乌龟在理论上肯定比兔子跑得慢,虽然有时可能有特殊情况出现,如"龟兔赛跑"的故事,但是一般情况下乌龟在长跑中是不可能超过兔子的。事实上我们知道理论是一种理想化的模型或普遍性的规律,其与现实实际情况肯定是有差距的,但一般而言差距不是太大。但是在"龟兔赛跑"的寓言故事中,理论与实际有很大偏差。我们可以用古希腊哲学家柏拉图理念论的观点来分析并解释这种现象。柏拉图的理念论认为,可感事物正是通过"模仿"或"分有"理念而获得其实在性的,由于万事万物都有自己的理念,因此各种理念就构成了一个等级分明的"理念世界"。[7]可感事物所处的世界是一个感觉世界或世俗世界。而世俗世界是一切皆流、一切皆变的世界,人们在这个世界中看到的仅仅是事物的现象,而不是事物的本质,但是理念世界能够反映事物的本质,因此在理念世界中存在真理或知识。也就是说,物体的理念是理念世界的真理,而现实实践活动仅仅是对理念世界真理的临摹,是远离真理的,现实实践活动是不能完全反映真理的,

甚至是与真理背道而驰的，"龟兔赛跑"就反映了这样一个事实。虽然乌龟胜利了，但是按照柏拉图理念论的观点来讲，这是发生在现象世界中的比赛，而不是发生在理念世界中的比赛，虽然乌龟先达到了终点，但这只是一种现象，是不可信的，这不是事物的本质，不能说明或不能反映乌龟比兔子跑得快。因此从这个角度来说，"龟兔赛跑"这个故事颠倒了现象与本质。虽然在"龟兔赛跑"的故事中乌龟先到达了终点，但是这仅仅是现象，本质还是乌龟没有兔子跑得快。

我们再继续深入地追问，为什么这个寓言故事中乌龟赢了兔子的现象没有反映兔子比乌龟跑得快这个本质呢？其实这涉及偶然性与必然性的问题。在概率与统计学上，小概率事件是随机现象，是不能当真理的，因为小概率事件具有偶然性，因此不能反映事物的本质。兔子与乌龟赛跑而输给乌龟就属于偶然性的事件，是不具有普遍规律性的偶然事件。个例不能当真理，个例仅仅是一种现象，而不是事物发展的普遍规律。从这个意义上讲，虽然乌龟在跑步比赛中胜利了，但是我们也应该看到事物的本质——乌龟没有兔子跑得快这个事实，在观念上仍然要认准一般的普遍规律。如果乌龟与兔子再多跑几次，从概率与统计的大数定律的角度来讲，乌龟在跑步比赛中肯定不会超过兔子。[8]从生物学的视角分析乌龟与兔子的身体结构也能知道乌龟跑不过兔子。所以说我们不能因为一次偶然因素就觉得兔子永远跑不过乌龟，这不是概率与统计中的确定性现象，而仅仅是概率与统计中的随机现象。联系现实生活实际，以概率与统计中的大数定律为依据或以数据频率多少为依据进行判断是比较客观的做法，数据频率或大数定律基本上反映了事物发展的本质规律，而且具有更为广泛的普遍性，这才是人们可以信任的真理。在这个故事中，乌龟是侥幸获胜的，它的胜利具有很强的随机性，不是得益于自己的超常发挥，而是得益于兔子的麻痹大意。总之，个例不能当真理，真理的一个性质就是普遍有效性。因此从概率与统计的角度来讲，在"龟兔赛跑"中不能把偶然性当作必然性来看待。

三、启示

乌龟在跑步上远远超不过兔子，这就是理念世界的真理，而"龟兔赛跑"故事中的乌龟虽然超过了兔子，但这仅仅是感觉或世俗世界中的现象，而不是事物的本质。从概率与统计的角度来讲，乌龟与兔子赛跑虽然最后胜利了，但是这仅仅是个例，仅仅是小概率事件，是不能当真理的，而且具有很强的偶然性。决定事物本质的不是事物发展的偶然性，而是事物发展的必然性，偶然性不能够反映事物的本质。在教育教学中，我们不否认"龟兔赛跑"的积极意义，但也要引导学生认识到现象与本质的区别，从概率与统计的角度分析故事中的偶然性。

❀ 参考文献 ·

［1］伊索.伊索寓言全集［M］.李汝仪,译.南京:译林出版社,2019:244 - 245.

［2］刘书宁.龟兔赛跑数学版［J］.数学小灵通(5—6年级版),2019(Z2):59 - 61.

［3］宋文宝."龟兔赛跑"引发的函数问题［J］.初中生学习指导,2019(02):18 - 19.

［4］袁合才,赵寄萍."龟兔赛跑"新解的群论释义［J］.数学教学通讯,2012(03):64.

［5］朱志宇.龟兔赛跑蕴含的四重哲学境界［J］.文化学刊,2020(05):64 - 69.

［6］刘承元.为什么乌龟能在赛跑中成为赢家?［J］.企业管理,2019(08):20 - 21.

［7］邓晓芒,赵林.西方哲学史(修订版)［M］.北京:高等教育出版社,2014:46 - 48.

［8］魏宗舒等.概率论与数理统计教程［M］.2版.北京:高等教育出版社,2008:201.

寓言故事寓意阐释

星学家：人人都有摔倒的可能性

**内容提要**

　　普通人摔倒一百次也未必引起舆论界关注，但是名人摔倒一次就会引起人们的高度关注，小小的事件往往会被放大。但是谁都有可能摔倒，不要把这些人人都可能发生的随机事件当作确定性事件，而且星学家和泰勒斯的精神追求是值得肯定的。

一、寓言故事与传统寓意

"星学家"的故事情节如下：

　　有个星学家，每天晚上总要外出观测星象。一天夜晚，他来到郊外，目不转睛地望着天空，一不小心掉入井内。有个过路人听见了他的呼救声，跑来问清事情原委，便在井口俯身朝他喊道："嘿，原来你在这儿！

你只留意观察天上的事物，却偏偏看不到地上发生的情况！"[1]

在西方哲学史上有一个类似的故事：哲学家泰勒斯仰望星空，正在举目观察天文现象，但是一不小心滑倒在水沟里，旁边的一个仆人嘲笑他，说你连脚下的西瓜皮都看不到，还举目望天呢？但是，在有些哲学教材中哲学家泰勒斯的形象是正面的、积极的，而这个仆人却遭到了嘲笑。书中还强调，泰勒斯的这个逸闻反映了哲学家们往往更关注超越日常经验的事物而不是眼前的东西。[2]而伊索的这则寓言故事却是在嘲笑星学家，传统的寓意是讽刺眼高手低的人，他们自诩才能非凡，却无法处理简单的日常事务。

二、概率与统计视角的阐释

从概率与统计的角度来讲，一个星学家一不小心掉井里是一件小概率事件，我们不能把不确定性或随机现象当作确定性现象来看待，更不能夸大随机现象。

无论是星学家，还是作为哲学家的泰勒斯，他们在仰望星空的时候摔倒都是因为不留神，没有在意地上的情况，这个其实是没有对错之分的。不仰望星空也照样会摔倒，摔倒并不能都归结于仰望星空。星学家或哲学家仰望星空摔倒是一个事实或者说是一个现象，而不是一个判断，而且摔倒也不是星学家或哲学家所希望的。因此，他们不应该是被嘲笑的对象。

三、启示

这个故事也可以启迪学生不管身处何地何时，或者处在何种情境之下，都要泰然自若地发挥自己的主观性，研究自己喜欢的专业或方向。因此，星学家和泰勒斯不应该成为被嘲弄的对象，其精神应该是值得发扬光大的。

✿ 参考文献 ·

［1］伊索.伊索寓言全集［M］.李汝仪,译.南京:译林出版社,2019:48.

［2］邓晓芒,赵林.西方哲学史(修订版)［M］.北京:高等教育出版社,2014:13.

星学家：人人都有摔倒的可能性

棋盘摆米：理性、量变质变与人文性

 内容提要

　　人类的现实生活经验是有限的，对于以指数增长的事物我们要秉承理性的精神和量化的思想，强调演绎推理与计算的重要性，并考虑到哲学上的量变与质变关系对事物发展的影响，以此才能更好地获取对事物的认识。

一、寓言故事与传统寓意

"棋盘摆米"的故事情节如下：

　　古时候，在某个王国里有一位聪明的大臣，他发明了国际象棋，献给了国王，国王从此迷上了下棋。为了对聪明的大臣表示感谢，国王答应满足这位大臣的一个要求。大臣说："就在这个棋盘上放一些米粒吧。第1格放1粒米，第2格放2粒米，第3格放4粒米，然后是8粒、16粒、32粒……一直到第 64 格。""你真傻！就要这么一点米粒?!"国王哈哈大笑。大臣说:"就怕您的国库里没有这么多米!"[1]

事实上,按照这位大臣的要求,放满了一个棋盘上的 64 个格子需要"$1+2+2^2+2^3+2^4+\cdots\cdots+2^{63}=2^{64}-1$"粒米。"$2^{64}-1$"到底多大呢? 借助计算器进行计算,可知答案是一个 20 位数:18 446 744 073 709 551 615。这个有趣的故事说明了什么? 学生通过阅读这个故事受到什么启发? 学生有什么收获? 这些都是很要紧的问题,因此作为一名数学老师要挖掘这个故事各方面的寓意,从而提高数学故事的教育价值。笔者小时候看到这个"棋盘摆米"的故事时,只是感觉好奇、震撼、不可思议而已。这个故事似乎不是寓言故事,因为寓言故事是要告诉人们一个道理的,而这个大臣聪明显然不会是这个寓言故事的寓意。之所以有这种想法,是因为当时笔者对这个故事缺乏哲学的审视,缺乏理性的思考,缺乏意义的挖掘。直到今天,笔者学习了一点数学哲学知识,对这个故事进行质疑、反思和批判之后才明白"不可思议"的内涵,才认识到挖掘这个数学故事的教育意义的重要性。所以现在再次看到这个故事,希望能在原有认识的基础上提高一点境界,收获一些哲理,让这个"棋盘摆米"的故事更能突出其教育的价值与意义。笔者认为这个"棋盘摆米"的故事也是一个寓言故事,其寓意不仅存在,而且具有多元性。

二、经验的局限性和理性的重要性

这个故事说明了人的感觉经验是有局限性的,直觉或感官有时候是不可靠的。就像故事中的国王,凭借着个人经验,觉得大臣要求的"$2^{64}-1$"这个数目应该不是很大。其实不仅国王会这样认为,普通人,尤其是习惯凭借感觉经验做判断的人也是这样认为的,但是实际上"$2^{64}-1$"这个数字却大得让人震惊。中国有个成语叫"见微知著",意思是见到一点儿苗头就能知道它的发展趋势或问题实质。故事中的国王就是没有达到"见微知著"的境界,仅仅停留在"见微知微"的水平。学习数学知识是人摆脱感觉经验束缚,走向理性的重要途径。在这个故事中,"到底一共多少米粒"不是依靠感觉经验就能够得到正确答案的,要想解答这个问题,就必须诉诸理性精神。当然,在一些情况下,感觉经验也是很重要的。但是,要想比较精确科学地认识事物还是要诉诸理性。数学在某种程度上是精确的科学,是理性的科学,因为它摆脱了经验、观察与直觉的束缚。一些经验也许得到了广泛的应用,并在实践活动中得到检验,但是由于人类经验是有局限性的,生活中的大多数情况还是需要依靠理性精神去把握的。这就类似于当我们看到插到水中的筷子变折的现象时,我们不能立即根据感觉经验判断水中的筷子是折了的,最好还是结合我们的理性精神给出科学的解释,这种理性精神不仅仅包括逻辑推理,还包括计算。《义务教育教科书 数学(八年级上册)》第七章第一节"为什么要证明"阐释了经验、观察与归纳是有局限性的,以此来强调数学证明的重要性,而数学证明就是要诉诸理性精神的。[2]这个"棋盘摆米"的故事与"为什么要证明"的内容很类似,因为它们都是对感觉经验的否定,唯一的不同是前者强调计算的重要性,后者强调证明的重要性而已,但是两者都是理性精神的体现。

三、数学计算的重要性

这个故事也说明了感性的知识必须经过理性的检验才可能上升为真正的知识。理性精神具体体现为演绎证明,而在一些情况下也体现为计算,计算是理性精神的一个重要组成部分。计算机作为一个重要的数学研究工具已经在今天人类生活的各个领域中得到了广泛的应用,其重要性更是不言而喻的。中国古代南北朝时期,伟大的数学家祖冲之对圆周率 π 的计算精确到小数点后七位的辉煌成就,就是一种理性精神的体现。人们常说"精明"的商人,实际上"精明"不仅仅是指在逻辑推理上的精明,更是指在计算上的"精明"。中国人常说的另一句话是"心中有数",但是如果不计算,是无法实现"心中有数"的。推理仅仅是在定性地刻画事物,而定量地刻画事物则需要更为精确的计算。为什么要强调计算的重要性?长期以来,主流文化观念认为数学就是演绎的科学。但是实际上,数学自古以来也是计算的科学。人类最初的数学就是满足现实生活需要的计算数学,以精确认识事物为目的。中国传统数学著作很多都是以"算经"的形式呈现的,例如《海岛算经》《张邱建算经》《五曹算经》《孙子算经》等,这就体现了计算的重要性,体现了中国古人的量化精神。在天文学的发展史上,天王星不仅仅是天文学家用天文望远镜发现的,更是数学家用数学计算出来的。[3]计算机自问世以来就始终与"数学是演绎的科学"的观点相抗衡,而著名的数学问题"四色猜想"的证明也是在计算机上进行的。目前计算数学也是一个庞大的数学分支,因此必须强调计算在数学中的重要性,这也是对中国传统数学理性精神的肯定。林夏水强调数学是演算的科学,这种观点至少肯定了数学计算的重要性。[4]

四、量变与质变关系的重要性

这个故事还深刻揭示了量变与质变的相互关系。在哲学上,人们常说量变上升或发展到一定程度就会引起质变,或者说量的积累会引起质的飞跃。其实这个故事也同样说明了这个道理。米粒虽小,但是多到一定程度,其数量就可能大得惊人,甚至大到无法凭借感觉经验理解。中国传统文化中的"积少成多""集腋成裘"等故事与这个数学故事其实是类似的。从这点也可以看出这个数学故事是一个很好的教育素材,可以用来鼓励学生好好学习,让学生懂得通过学习量的积累可以达到学习质的飞跃,从而调动学生学习数学乃至其他学科的积极性。

五、指数函数的重要性

"棋盘摆米"的数学故事也反映了那个时代人们的数学水平还基本上处在常量数学阶段。如果用函数的观点来理解这个"棋盘摆米"的故事就比较容易了。"棋盘摆米"问题是一个递增的指数函数问题。人们在日常生活中凭借经验感觉到的仅仅是一种线性的增长模式,或者说是一种很直观的对事物的线性把握模式。但指数增长是非线性的,而且指数增长往往是不能依靠经验感觉来把握的。人们常说"以指数的增长速度"是"扶摇直上"的增长速度,或者说是一种惊人的增长速度,在很多情况下这种增长速度是超出人们经验感觉的范围的。超出了人类经验感觉范围的事物我们就可以用指数函数来刻画或者说来解释。基于米粒数的指数增长也可以用图像来表示,一个很明显直观的结论是其增长曲线应该是一条很陡峭的曲线,这样可以更为形象直观地表达出"$2^{64}-1$"是一个什么样的概念。

六、启示

中学数学教科书选择"棋盘摆米"的故事是很值得肯定的,这个数学故事包含了丰富的教育哲学思想。"棋盘摆米"的故事其实是一个很好的数学史料,对数学教育意义的影响是多方面的。根据知识性要寓于趣味性之中的观点,笔者认为,"棋盘摆米"的教育意义主要体现在其可以让学生认识到实践经验的局限性以及以计算为主的理性精神的重要性,这个故事还揭示了量变与质变的关系及其对数学教育的意义,使学生认识到学习指数函数的重要性。现代西方哲学强调的是人文精神与科学精神的融合。[5]因此,数学教育不仅要强调数学的科学性,也应该强调数学教育的人文主义精神,从而提高数学故事的教育意义与价值。

❀ 参考文献 ·

［1］马复.义务教育教科书　数学(七年级上册)［M］.北京:北京师范大学出版社,2014:61.

［2］马复.义务教育教科书　数学(八年级上册)［M］.北京:北京师范大学出版社,2014:162-164.

［3］潘在元.科学发现与思维的能动性:从海王星发现的历史谈起［J］.学术月刊,1964(5):43-47.

［4］林夏水.数学哲学［M］.北京:商务印书馆,2003:338.

［5］夏基松.现代西方哲学［M］.上海:上海人民出版社,2009:1-15.

鲁侯养鸟：社会的分工
与专业化

 **内容提要**

　　我们通常讲专业的事要交给专业的人来做，这就强调社会分工和专业化的重要性。鲁侯不是养鸟专家，应该把鸟交给专业人士来喂养，当然鲁侯也可以虚心向养鸟专家请教养鸟的经验，但是绝不能外行充当内行，不懂装懂。

一、寓言故事与传统寓意

"鲁侯养鸟"的故事原文如下：

　　昔者海鸟止于鲁郊，鲁侯御而觞之于庙，奏《九韶》以为乐，具太牢以为膳。鸟乃眩视忧悲，不敢食一脔，不敢饮一杯，三日而死。[1]

"鲁侯养鸟"讲的是鲁侯错误养鸟的故事。鲁侯为了欢迎这只飞到鲁国都城郊外栖息的海鸟，在宗庙里给它准备酒席，为它演奏高雅的乐曲，用祭祀时使用的牛、羊、猪作为鸟的膳食。而海鸟却眼花心悲，不敢吃一块肉，不敢饮一杯酒，三天就死了。

该寓言故事的寓意是：做任何事情，必须根据事物的客观规律和特点，把自己的爱好强加于人的做法就违背了客观规律，会导致与预期相反的结果。有学者已经认识到鲁侯养鸟悲剧产生的原因在于鲁侯对差异性与同一性的认识还比较模糊。[2]这种观点是有一定道理的，鲁侯所犯的错误是没有认识到人与动物的区别。无论什么时候，方法与对象都要匹配。贵宾有贵宾的接待礼节，小鸟有小鸟的接待礼节。对象不同，采用的招待方法也应该不同，不能生搬硬套地把招待人的礼节应用在小鸟身上，"鲁侯养鸟"的故事与所谓的"张冠李戴"是很类似的。在鲁侯看来，人喜欢吃什么，小鸟就喜欢吃什么；人喜欢听什么样的乐器，小鸟也就喜欢听什么样的乐器。事实上这是不可能的，毕竟人与动物还是有区别的。即使是人，大家的性格、脾气和口味也是不同的，更何况动物的生活习性与人的生活习性有巨大的差距。也就是说，鲁侯所犯的错误是只看到了人与鸟的同一性，而没有看到人与鸟的差异性，对鸟和人的本质缺乏认识或理解。

二、社会分工与专业化视角的寓意阐释

我们也可以换个视角来分析问题，探讨这个寓言故事的寓意。从社会分工和资源配置的角度来讲，养鸟这样的事要交给专业的养鸟人来做。让专业的人干专业的事，这样对社会的发展和个人的发展都是有益的。鲁侯作为一个王侯，他很喜欢鸟是没有错的，但是喜欢鸟不等于必须亲自养鸟。由于对鸟的习性不是太了解，养鸟也不是他的专业，他养鸟失败也是意料之中的事。如果他想养鸟，就应该谦虚地向养鸟专家询问如何养鸟，而不能想当然地用自己招待外宾的方式来养鸟，他缺乏与养鸟专家的沟通交流。

三、启示

这个寓言故事告诉我们无论做什么事,遇到不懂的、不会的,甚至涉及生命安全的问题,一定要多与相关专业人士沟通交流,而不是一意孤行,按照自己的方式行事。俗话说:"隔行如隔山。"专业的事要交给专业的人去做,或者自己来做也是可以的,但是需要与专业人士进行交流沟通,虚心地向专家学者请教。

❀ 参考文献

[1] 方勇.庄子[M].北京:中华书局,2015:289.

[2] 黄瑶,吴先伍.从同一到差异:从鲁侯养鸟看人与自然的关系[J].哈尔滨工业大学学报(社会科学版),2020,22(04):130-135.

鲁侯养鸟:社会的分工与专业化

亡羊补牢：倒逼机制的来源与应用

 内容提要

> 虽然一些事情没有发生，但是根据已有的经验和事实，我们可以推断或预测出其产生的不良后果，并提前预防，这就是"倒逼机制"。事实上，亡羊补牢就是倒逼机制思想的来源之一。

一、寓言故事与传统寓意

"亡羊补牢"的故事原文如下：

> 庄辛至，襄王曰："寡人不能用先生之言，今事至于此，为之奈何？"庄辛对曰："臣闻鄙语曰：'见兔而顾犬，未为晚也；亡羊而补牢，未为迟也。'臣闻昔汤、武以百里昌，桀、纣以天下亡。今楚国虽小，绝长续短，犹以数千里，岂特百里哉！"[1]

"亡羊补牢"是指虽然丢了羊,但是羊圈里毕竟还有羊,这时候去修补羊圈,还不算晚。从传统角度来讲,"亡羊补牢"比喻出了问题以后想办法补救,免得以后继续受损失。"亡羊补牢"算不算晚?对那些已经丢掉的羊来讲是晚了,但是对羊圈中没有丢掉的羊来讲,还是不晚的。对牧羊人来讲,他应该面对的是现实和未来,而不是过去,只要羊圈里还有羊或者他将来还会继续养羊,补牢就是很有必要的。企业管理界[2]、教育界[3]、环保界[4]、法律界[5]、邮电界[6]等领域都强调"亡羊补牢"的重要意义。笔者也是认可他们的观点的,但是笔者想从倒逼机制的视角进一步扩展"亡羊补牢"的思想内涵。

二、倒逼机制视角的寓意阐释

"亡羊补牢"还有一个更为深刻的寓意,就是倒逼机制。倒逼机制在人们的现实生活中已经司空见惯。如果我们能预料到一个事情的发展趋势,预测出这件事情将来有哪些结果,我们就会提前预防,这就是所谓的"防患于未然"或"未雨绸缪"。今天的天气预报说明天有雨,我们明天出去就要带伞,这与"亡羊补牢"是一个道理的;若明天出去不拿伞,我们就有可能"亡羊"——被淋湿,还不如提前"补牢"——带雨伞。"亡羊补牢"在某种程度上讲就是经验主义,就是"吃一堑长一智",就是总结经验教训继续前进。说"亡羊补牢"是倒逼机制产生的原因之一,就是因为如果没有"亡羊",何须"补牢"?

三、启示

"亡羊补牢"是人类社会一种普遍的现象,也是值得肯定的一种做法。笔者坚信,"亡羊补牢"这个寓言故事具有永恒的教育价值与意义。当然,先"补牢"以避免将来的"亡羊"是一个更好的做法。另外,我们也能从"亡羊补牢"中学到吸取经验教训从而使损失不再产生或尽量地减少损失的经验主义哲学。

❀ 参考文献

［1］缪文远,缪伟,罗永莲.战国策[M].北京:中华书局,2012:460.

［2］李征仁,王砚羽,石文华.亡羊补牢:负面记录对企业社会责任的影响及绩效分析[J].管理评论,2020,32(09):239－250.

［3］庄平悌.亡羊补牢,未为晚也[J].中学语文教学,2016(04):82－84.

［4］周宇.环境监测我们需要亡羊补牢吗?[J].绿色中国,2006(01):10.

［5］丛梅.防患未然与亡羊补牢:转型时期青少年犯罪动机分析及其对策[J].当代青年研究,2000(06):15－17＋8.

［6］柘曼,高尤.抓管理"亡羊补牢" 严执行"柳暗花明":高邮电信局强化话费欠费收缴管理的调查[J].邮电企业管理,1999(11):45－46.

寓言故事寓意阐释

穿井得一人：制度、技术和信息

 **内容提要**

　　该故事强调了制度与技术创新的重要性以及信息传播的重要性。宋国国君重视第一手资料的搜集，他从信息传播源头开始询问情况，这样获取的信息就比较真实可靠。

一、寓言故事与传统寓意

"穿井得一人"的故事原文如下：

　　宋之丁氏，家无井而出溉汲，常一人居外。及其家穿井，告人曰："吾穿井得一人。"有闻而传之者曰："丁氏穿井得一人。"国人道之，闻之于宋君。宋君令人问之于丁氏。丁氏对曰："得一人之使，非得一人于井中也。"求能之若此，不若无闻也。[1]

"穿井得一人"讲的是丁氏家里打完井后多出一个劳动力的故事。[2]以前,宋国丁氏家里没有水井,要到很远的地方去挑水,因此常占用一个劳动力在外专管打水。后来他家里打了一口井,他就对别人说:"我们家打了井以后多出一个人来。"有人听到了,传言说:"丁家打井挖出一个活人来。"国人都在谈论这件事,宋国国君也听说了。宋国国君派人向丁家问明情况。丁家人回答道:"我是说多出一个劳动力,并不是说从井里挖出一个人来。"

这个寓言故事的传统寓意是:调查研究、仔细辨别之后才能弄清真相。耳听为虚,眼见为实。谣言往往失实,只有细心观察,以理去衡量,才能获得真正的答案。不可轻信流言、盲目随从、人云亦云,否则就会闹出以讹传讹、三人成虎的笑话。下面笔者从制度、技术和信息传播的视角探讨这个寓言故事的寓意。

二、制度、技术和信息传播视角的寓意阐释

(一)制度与技术创新的重要性

这个寓言故事强调了制度创新或技术创新的重要性。这户人家最初家里没有井,需要到很远的地方去担水,这样仅仅在吃水方面就占用了一个劳动力资源。如果把这一个劳动力资源解放出来,使其从事其他更为重要的工作,也许他就会创造出更多的财富,这就需要技术进步或制度创新。这家人开始想如何才能节省劳动力资源?最终他们在自己家打了一口井,这样就不用跑出去挑水了,从而节省了一个劳动力资源,这就是制度创新。当然这个制度创新是需要交易成本的,是需要花钱或消耗时间的,但是这个交易成本相比于长期担水的成本来讲是很值得的。从技术进步的角度来讲,这户人家以前是派一个人到很远的地方挑水,这种方式的科技含量就很低,人类社会发展的一种趋势就是以技术代替人工劳动,这户人家把打井技术与自己的实际情况相结合,这就是打井技术在他们家的应用,这种应用给他们家带来了莫大的收获。当然这种技术的进步也节省了一个劳动力资源,这个人就可以去干更有意义的事。

（二）信息正确传播与获取的重要性

以上强调了制度与科技创新的重要性,这个寓言故事其实也强调了信息正确传播与获取的重要性。信息很重要,如何保证信息不失真或不丢失成为现代人关注的一个重点问题。信息如果不被真实传递的话,很容易变成谣言。传播信息的人在没有领会丁氏所说的话的真实含义的情况下就传播了这个信息,很容易导致信息失真。失真的信息引起了大家的好奇和怀疑。好奇与怀疑的人获取的都是间接信息或者说是二手信息甚至三手信息,无法对信息是真是假做出判断。但是宋国国君是值得表扬的,因为他避开了二手信息甚至三手信息,直接派人去探索一手信息或原始信息,最后真相大白。

三、启示

当前,老龄化时代已经到来,为了更好地生存与发展,我们需要进行制度创新,制度创新有利于节约人力资源的成本,这也是人类发展的必然趋势。此外,从源头获取的资料的可信度要远远高于二手资料等间接资料的可信度。因此在很多事情上我们要追溯信息的来源,还要注意不能传播不确定的信息,这是对他人最起码的尊重。

❀ **参考文献**

［1］陆玖.吕氏春秋［M］.北京:中华书局,2011:848-849.

［2］人民文学出版社编辑部.中国寓言故事精选［M］.北京:人民教育出版社,2018:28.

利令智昏：强调管理者要重视人

 **内容提要**

> 这个寓言故事其实是讲给管理者听的。作为一个管理者要有人文主义精神，不能抹杀人的主体性地位，不能像寓言故事中这个"利令智昏"者一样只见财物不见人，甚至把人当作应用的工具。

一、寓言故事与传统寓意

"利令智昏"的故事原文如下：

> 齐人有欲得金者，清旦，被衣冠，往鬻金者之所，见人操金，攫而夺之。吏搏而束缚之，问曰："人皆在焉，子攫人之金，何故？"对吏曰："殊不见人，徒见金耳。"此真大有所宥也。[1]

"利令智昏"讲的是齐国有个人一心想弄到金子,最后公然抢金的故事。他清早起来穿戴整齐,走到卖金子的处所,看见有人手中拿着金子,伸手就抢。官吏把他抓住捆绑起来,问道:"这么多人都在这儿,你为什么公然抢人家的金子?"他回答道:"我根本就没看到人,只看见金子了。"[2]

这个寓言故事的传统寓意是:不要因贪图私利而丧失理智,把什么都忘记。因贪图利益而丧失理智或只见金子不见人是很可怕的。

二、管理学视角的寓意阐释

很多管理者像这个"利令智昏"的人一样,在管理上没有尊重被管理者,仅仅将他们看作获益的一种工具。只见物或利益而不见人的管理者不是一个好的管理者。管理学属于人文科学,我们应该重视人的管理。管理者需要充满人文主义精神,而不能像"利令智昏"故事中那个贪得无厌的人一样仅能看到金银财宝,而对活生生的人却视而不见。

三、启示

寓言故事中的这个人之所以被抓,是因为他目中无人,轻视人而重视金银财宝。当然,也可以说他目无法纪。管理者需要对被管理者进行人文主义关怀,不能只顾经济利益而忽视"人"这一主体。同时,面对利益,我们不能急于求成,乱了心智,否则会得不偿失。

❀ **参考文献** •

[1] 陆玖.吕氏春秋[M].北京:中华书局,2011:564.
[2] 人民文学出版社编辑部.中国寓言故事精选[M].北京:人民教育出版社,2018:26.

古琴高价：经济规律不可违背

 **内容提要**

市场经济规律不可违背。供求关系的客观规律说明了古琴必须高价。同时，古琴数量少，其不可再生性、文化内涵和投资价值也说明了古琴应该高价。

一、寓言故事与传统寓意

"古琴高价"又称"工之侨献琴"，其故事原文如下：

工之侨得良桐焉，斫而为琴，弦而鼓之，金声而玉应，自以为天下之美也。献之太常，使国工视之，曰："弗古。"还之。工之侨以归，谋诸漆工，作断纹焉；又谋诸篆工，作古款焉；匣而埋诸土，期年出之，抱以适市。贵人过而见之，易之以百金。献诸朝，乐官传视，皆曰："希世之珍也。"工之侨闻之，叹曰:"悲哉世也!岂独一琴哉,莫不然矣。而不早图之,其与亡矣!"遂去,入于宕冥之山,不知其所终。[1]

"古琴高价"讲的是名叫工之侨的制琴技师把一把琴故意做成"古琴"而卖出高价的故事。有一次,他得到一段优质的桐木。经过砍削,做成了一张琴,按上弦一弹,好像金玉合鸣之声,十分动听。他自以为这是天下最好的琴了,便把它拿去献给朝廷的乐官。乐官让全国最好的乐工来鉴定,乐工说:"不古。"便把琴退还给工之侨。

工之侨把琴带回家,和漆工商量,在琴上造了许多断纹;又和刻工商量,在琴身上刻了古字款识,然后用匣装好,埋在土里。一年以后,工之侨把琴取出来,拿到市场上出售。一个阔人经过时看到这琴,便用一百两黄金的高价买了下来,当作珍宝献给朝廷的乐官。乐官们互相传看,都赞不绝口:"这真是世上少有的宝物啊!"[2]

该寓言故事的传统寓意是:不能把世上任何东西都说成是古的好,而要从实际出发,看它是否真有价值;那种唯古是崇、唯古是尊的人,是愚蠢可笑的。对待那些盲目崇拜古董的乐官、乐工,工之侨采取了"以毒攻毒"的办法,这揭示了乐官和乐工的好古是盲目的。这个故事表面上写的是琴,实际上写的是人。作者借工之侨伪造古琴试探世风的机智,讽刺了缺乏见识、不重真才实学而只重虚名的虚伪之人。该故事的寓意是十分鲜明而深刻的。一些学者强调古琴不应该高价。[3-5]笔者认为这则寓言的传统寓意是值得商榷的,笔者将从经济学的视角来阐释这个寓言故事的寓意,以证明"古琴应该高价"。

二、经济学视角的寓意阐释

(一) 古琴在数量上很少

为了更好地从经济学的视角探讨这个寓言故事的寓意,笔者首先介绍两个重要的概念:"古"与"今"。"古"与"今"表面上是对等的时间概念,但是从本质上讲,"古"与"今"这两个时间概念是不对等的。"古"以现在的时间为终点,向过去追溯到无穷远。"古"是一个无限长的时间段的概念,对人类历史来讲至少有几千年;而"今"是一个很短的时间段,一般而言最多指几十年的时间。"古"与"今"在时间存续的长度上是不对等的,"今"的时间段太短,"古"的时间段太长。根据"物以稀为贵"的精神,从"古"到"今"被完整无缺地保留下来的东西当然是很稀少的,大多数物品都被淹没在历史的长河中,剩下的古物当然价值不菲了,所以古琴应该高价。

(二) 古琴被赋予了历史文化的内涵

这些流传下来的古物被后人赋予了新的历史文化内涵。古琴是历史上某个社会时期的文化载体,而在很多情况下人们仅仅把今琴当作一种工具或商品来使用而已。也就是说古琴是文化载体,但是今琴是工具载体。古琴其实除了被历史文化包装之外,还经历了岁月的冲刷,甚至有一段美丽的传说或故事,其情感价值是很丰富的,因此古琴应该高价。

(三) 古琴的不可再生性与今琴的可再生性

"古"与"今"的一个巨大区别就是:"古"发生的一切已经过去了,是不可更改的,但是"今"发生的一切在很大程度上是可以更改。古琴的数量是一个存量,是一个只减不增的存量,随着时间的增长,古琴的保存数量只能是不变或下降的。但是时间越长,生产出来的今琴就越多,所以说今琴的数量是上升的。再根据"物以稀为贵"的精神来判断,今琴和古琴相比,当然古琴更值钱了。

(四) 古琴的价格取决于需求与供给

一般而言,一个商品买卖的成交价格不仅取决于商品的供给,还取决于商品的市场需求。如果一个人认为琴价的高低完全取决于琴的制作精良程度或者说制作成本,那这个人就没有站在消费者的角度考虑需求情况,这也是导致人们认为古琴不该高价的原因。事实上古琴的确应该高价,因为有市场需求! 市场经济价格不仅仅是由商品或投资品的成本决定的,还是由市场需求决定的,也就是说我们应该以市场需求为导向。

（五）古琴的投资价值大于消费价值

对于买古琴的人来说，其目的不是把古琴当作一种商品或消费品使用，而是欣赏古琴，他们把买古琴当作一种投资行为。也就是说，买古琴的人强调的是古琴的历史文化价值，而不是琴的工具价值，工具价值当然无法与文化价值或欣赏价值相比，或者说工具价值当然无法与投资价值相比。因此，从买琴人的目的或动机的视角来看，古琴应该高价。

三、启示

笔者从经济哲学的视角进行分析之后得出的结论是：古琴应该高价。笔者认为古琴应该高价，最重要的一个原因是古琴是无法再生产的，今琴是可以再生产的，而且古琴被后人赋予了历史文化的内涵，但是今琴往往仅有工具内涵。这个寓言故事中最高明的乐工说宫中不要今琴是对的，宫中要的就是古琴。他们如果要今琴的话，肯定会自己建一个造琴厂或直接购买今琴，根本用不着工之侨往宫中送今琴，往宫中送的都应该是稀罕而制作精美的古琴。从这点来讲，宫中要古琴不要今琴具有合理性的一方面。不合理的是乐工其实分辨不出古琴和今琴，或者说乐工只根据刻板的标准去判断一把琴算不算古琴。古琴的收藏价值或观赏价值超过了它的使用价值，因此古琴应该高价。

这种"古琴高价"的现象在如今的现实生活中也是十分普遍的。现在图书市场上一些稀缺书或所谓的绝版书价格就是很高，某些学者由于自己的兴趣爱好也经常买这些高价书，而我们就不能指责这种现象是不合理的。从这个寓言故事本身就可以看出工之侨制造的假古琴都能卖个高价钱，真古琴更是如此。现代人习惯强调商标或品牌的重要性，其实这就是标签效应或品牌效应，而古琴高价也是很类似的。"古"就是古琴的标签或品牌，从这个角度来讲，古琴高价也是有一定合理性的。

❀ **参考文献** ·

［1］上海辞书出版社文学鉴赏辞典编纂中心.古文鉴赏辞典 明代 清代 附录［M］.
上海:上海辞书出版社,2021:1541－1542.

［2］人民文学出版社编辑部.中国寓言故事精选［M］.北京:人民教育出版社,2018:65.

［3］杨朝美,任志福.我看《工之侨献琴》的寓意［J］.语文教学与研究,2005(02):118.

［4］刘万想,翟霞.《工之侨献琴》主旨之我见［J］.中学语文,2004(13):33.

［5］王冉.品读《工之侨献琴》［J］.语文天地,2001(12):6.

兄弟争雁：社会的生产决定分配

内容提要

在人类现实生活中，生产财富比分配财富更为重要，可以说生产财富是分配财富的基础。兄弟俩还没有把大雁从天空中打下来，就开始谋划是煮着吃还是烤着吃，这就违背了先生产后分配的逻辑顺序。最后大雁趁机飞走了，兄弟俩一无所获。

一、寓言故事与传统寓意

"兄弟争雁"的故事原文如下：

> 昔人有睹雁翔者，将援弓射之，曰："获则烹。"其弟争曰："舒雁烹宜，翔雁燔宜。"竟斗而讼于社伯。社伯请剖雁，烹燔半焉。已而索雁，则凌空远矣。[1]

"兄弟争雁"讲的是两兄弟还没射下来大雁就争着分雁的故事。有个人看见一只大雁在天上飞翔,便准备开弓把它射下来,说:"射下来就煮着吃。"他的弟弟不同意,争论道:"鹅煮着吃好,鸿雁还是烤着吃好。"两人争吵不休,一直吵到社伯跟前,请他断定谁是谁非。社伯建议他们把雁剖开,煮一半,烤一半,两人都同意了。结果两兄弟抬头再准备射雁时,那只雁早就高飞到天边去了。[2]

该故事的传统寓意是:不要将时间花在无谓的争论上,有这个时间不如多干实事;做事要分清主次,分清轻重缓急,先解决主要的问题。笔者是很赞同这些观点的,但是站在生产与分配的视角来阐释这个寓言故事的寓意可能更符合我们这个时代的主题精神。

二、生产与分配视角的寓意阐释

我们通常讲产品一般会经历生产、分配、流通、消费等过程,在这一系列过程中,最重要的一个是生产,如果没有生产出商品或产品,分配、流通、消费等过程就不存在了。只有先生产出产品,我们才能更好地流通、分配和消费。兄弟俩由于消费方式不同而争来争去,最后失去了射杀大雁的时机。他们没有创造出物质财富,所以对物质财富的分配、消费等就无从谈起了。这两个兄弟考虑的问题太"超前"了。他们首先需要做的是把大雁射下来,或者说得先创造自己的物质财富,然后才能探讨如何消费或分配这个物质财富。空中的大雁是机不可失,时不再来的,是不能等到明天再射杀的,因此需要他们在很短的时间内做出决策,一旦错失良机,大雁就飞走了。

三、启示

我们应该秉承一种先生产后分配或消费的原则,在解决问题或分析事情时要抓住主要矛盾,忽略次要矛盾。在这个寓言故事中,主要的矛盾是大雁转眼即逝与兄弟俩想获取大雁这个物质财富之间的矛盾,解决这个矛盾的做法是立即射杀大雁；而兄弟俩争论是煮着吃还是烤着吃的矛盾是次要矛盾。我们应该先解决主要矛盾，而不是先解决次要矛盾。当我们把主要矛盾解决之后，次要矛盾就上升为主要矛盾，然后我们再解决这时的主要矛盾，也就是过去的次要矛盾——这个逻辑顺序是不能颠倒的。

❀ 参考文献 ·

［1］刘元卿.贤奕编［M］.北京:中华书局,1985:74.

［2］人民文学出版社编辑部.中国寓言故事精选［M］.北京:人民教育出版社,2018:75.

兄弟争雁：社会的生产决定分配

买椟还珠：需求的主观情境性重要

 内容提要

　　这个寓言故事是有思想深度的。包装与被包装也是相对的，这就强调了真理的相对性。同时包装与被包装是有主观情境性的，在不同的主观情境下，包装与被包装的地位是不平等的。

一、寓言故事与传统寓意

"买椟还珠"的故事原文如下：

　　楚人有卖其珠于郑者，为木兰之椟，薰以桂椒，缀以珠玉，饰以玫瑰，辑以翡翠。郑人买其椟而还其珠。此可谓善卖椟矣，未可谓善鬻珠也。今世之谈也，皆道辩说文辞之言，人主览其文而忘有用。[1]

"买椟还珠"讲了一个楚国人在郑国卖宝珠的故事。他为宝珠做了个木兰树质的匣子，还用肉桂和花椒两种香料熏它，用珠子点缀它，用红色的玉和绿色的玉装饰它。郑国人买下了他的匣子而把宝珠还给了他。这个楚国人可以说是善于卖匣子，而不善于卖宝珠。

该寓言故事比喻取舍不当，颠倒轻重，认为次要的东西比主要的东西还要好。但笔者认为，次要的东西好还是主要的东西好，这个要看从谁的角度出发。从"顾客就是上帝"或"需求就是上帝"的视角来讲，"椟"与"珠"哪个更值钱应该是买者说了算的，也许买者只是需要"椟"而已，所以椟在他眼里更有价值。"买椟还珠"的传统寓意过分强调价值的客观性、一般性和静态性，但是没有强调价值的主观性、特殊性和动态性，笔者认为后者才是需要强调的重要内容。有的学者认为这个寓言故事具有美学价值，并强调了包装的重要性，这种观点笔者也是认可的。

二、需求的主观情境性视角的寓意阐释

有人喜欢珠宝，有人喜欢精美的外包装，这是很正常的，表明了人类偏好的主观性。我们不能把自己的兴趣爱好或价值观念强加给别人。珠宝与外包装哪个重要关键看需求关系，关键看谁是买主。从这个意义上讲，"买椟还珠"其实也并非贬义词。从需求决定供给的视角来讲，在这个故事中"椟"才是最重要的，才是商品市场的有效需求。一个东西的价值或意义是主观的，而不是客观的、唯一的和固定的，甚至在某种情况下是随情境而变化的。从美学的或艺术的角度来看，如果外包装做得太好看了，人们对包装里面的东西可能就不在乎了。例如，每逢中秋佳节，有很多人是因为精美的包装才买月饼的。因此现实生活中，类似于"买椟还珠"的现象太多了，人们也无须大惊小怪。"买椟还珠"是不是应该提倡或杜绝的现象呢？笔者认为这个现象说不上好坏，赋予它一个中性词的地位比较好。我们不能用统一的规定或观点说哪个价值大，哪个价值小，也就是说物品的价值具有后现代主义哲学强调的多元性。

"椟"与"株"的价值也是具有时间性的，也就是说随着时间的不同，其价值是

不一样的。"买椟还珠"中的买方为什么后来把宝珠还给了卖方呢？笔者觉得可能有一个原因：最初他的需求是宝珠，但是后来他的兴趣爱好发生了变化，对他来讲，"椟"的重要性超过了"株"，在此时此刻的情境下，精美的外包装成了他的有效需求。这也说明了人的兴趣爱好是可以随时随地发生变化的，而不是静止不动的。

三、启示

在今天，"买椟还珠"的寓言故事还具有拉动经济增长、促进消费、促进包装产业快速发展的意义。另外，"椟"与"株"哪个更有价值是仁者见仁、智者见智的问题。我们不能用个人的价值观去主观评判他人的行为。

❀ 参考文献 ❀

［1］高华平,王齐洲,张三夕.韩非子［M］.北京:中华书局,2015:393.

楚王好细腰:政策导向的重要性

 **内容提要**

> 作为一个领导或管理者要有一个健康的业余爱好并坚持正确的政策导向,这样可能更有利于团队的发展。"楚王好细腰"这个寓言故事也给我们很多减肥的朋友提出了忠告:减肥要通过健康的方式来实现。

一、寓言故事与传统寓意

"楚王好细腰"的故事原文如下:

> "昔者先君灵王好小要,楚士约食,冯而能立,式而能起。食之可欲,忍而不入;死之可恶,然而不避。章闻之,其君好发者,其臣抉拾。君王直不好,若君王诚好贤,此五臣者,皆可得而致之。"[1]

"楚王好细腰"讲的是楚灵王喜欢读书人有纤细的腰身,楚国的士大夫们为了细腰,每天都只吃一顿饭的故事。他们饿得头昏眼花,扶着东西才能站立、行走。谁都想吃美味的食物,但人们都忍住不吃,为了纤细的腰身,即使饿死了也心甘情愿。君王好射箭,他的臣子都佩戴扳指和臂衣学习射箭。大王只是不好贤罢了,如果大王真心诚意喜欢贤人,引导大家都争当贤人,楚国不难再出现像五位前贤一样的能臣。

该寓言故事对社会上那种"上有所好,下必甚焉"的风气做了深刻的揭露和尖锐的讽刺。"细腰"既写出了楚灵王的不良嗜好,也映照出了满朝臣子的谄媚之态。个人爱好仅仅是个人爱好,管理者不能把个人爱好带到工作中来,更不能将其当作人事待遇考核的标准。

二、政策导向视角的寓意阐释

"楚王好细腰"在一些寓言故事书籍中经常被提到。[2]在此笔者想到了一个王朝的灭亡与这个皇帝的兴趣爱好其实也是有关系的。爱细腰的楚王手下必然出现懦弱的士兵。在战争四起的战国时期,而且还是依靠冷兵器作战的古代社会,这种爱细腰的风气使得国家无法培养一个真正合格的士兵,也无法建立自己强大的国防实力,更不可能在群雄争霸时期立于不败之地。

三、启示

一个管理者的兴趣爱好不要影响大家,管理者要坚持正确的政策导向,其他人也不必刻意迎合管理者的个人喜好,否则一旦形成一种不良的风气,整个社会的良性发展都将受到阻碍。这个寓言故事也说明了减肥要科学适度,不能为了迎合大众的审美而过分地损害身体,减肥也是有限度的,要分得清健康与"细腰"孰轻孰重。生命生活才是自己的,爱惜生命、珍惜当下的生活才是我们最需要的。

❀ 参考文献 ·

［1］缪文远,缪伟,罗永莲.战国策[M].北京:中华书局,2012:424.

［2］崔钟雷.中国寓言故事[M].哈尔滨:哈尔滨出版社,2012.

楚王好细腰：政策导向的重要性

邯郸学步：强调学习的文化性

 内容提要

　　从文化的角度来讲，寿陵少年到邯郸学步类似于"出国留学"或"跨文化"交流。文化的冲突与碰撞等复杂性就决定了寿陵少年在邯郸学步的道路是艰难曲折的，就算失败也很正常。这个故事也说明了我们要有文化自信和文化自觉，不要过分地崇拜西方文化。

一、寓言故事与传统寓意

"邯郸学步"的故事原文如下：

　　"且子独不闻夫寿陵馀子之学行于邯郸与？未得国能；又失其故行矣；直匍匐而归耳！"[1]

"邯郸学步"讲的是寿陵少年去邯郸学习走路姿势的故事。他不但没有学到邯郸人行走的绝技,还忘掉了原先的步法,只能爬着回到燕国去。

这则寓言故事的传统寓意是:模仿别人不到家,反倒把自己原有的长处也丢掉了。"邯郸学步"一般被看作贬义词。在中国知网上,绝大多数关于"邯郸学步"的文献都强调它的负面影响[2-7],但也有极少数为其"辩护"的文献[8-10]。笔者很赞赏这些为"邯郸学步"的少年辩护的学者,因为这样看待问题才是比较全面的。我们分析问题、看待事物时必须采用辩证或"一分为二"的观点,不能仅仅看到"邯郸学步"消极的一方面,也应该看到其积极的一方面。从文化视角来分析"邯郸学步"的文献不是太多[11],笔者从文化"三层境界说"的视角阐释这个寓言故事在增加民族文化自信与自觉方面的重要性。笔者认为"邯郸学步"中那个有志的年轻人对自己的文化不够自信,而深层次的文化是很难学习的,他没有学会邯郸人走路的绝技有多方面的原因。

二、"三层境界说"视角的寓意阐释

"文化"是一个很宽泛的概念,而且具有多元性。笔者认为"文化"就是"人文教化",具有人的精神,被打上了人的烙印。历史学家庞朴认为文化有三层境界:第一层是器具层次的境界,第二层是制度层次的境界,第三层是精神层次的境界。[12]笔者为了行文的方便,把以上三层境界概括为文化的"三层境界说"。举例来讲,中国人吃饭用筷子,而西方人吃饭用叉子,这就是文化的器具层次,这个层次是文化的表层,学习器具层次的文化是很容易的。中国人在很短的时间内就可以学会用叉子吃饭;同样,西方人在很短的时间内也能学会用筷子吃饭。但是学习制度层次的文化就不是那么容易了,学习第三个层次——精神层次的文化就更难了。

人们通常讲"千里不同俗,百里不同风","邯郸学步"中的寿陵少年千里迢迢来到邯郸学习邯郸人走路,其实就类似于一种"跨文化行为"或"出国留学"行为。学习外来的文化是一件不容易的事。因为文化是在漫长的时间内逐渐演化而形成的,文化的形成过程是很复杂。因此从这个意义上讲是可以利用上面讲过的文化"三层境界说"的理论对"邯郸学步"进行分析的。

笔者认为"邯郸学步"这个寓言故事除了结尾有点夸大之外,可能是一个真实的故事。说这个寓言故事夸大,是因为走路可以讲是人的本能,即使这个少年最后没有学会像邯郸人那样走路,至少也应该会以自己原来的方式走路。这样夸张的设置可能是为了深化其寓意。说这个寓言故事是一个真实的故事是有科学依据的。寿陵少年学习本国人走路至少也有十五六年的时间了。从体格上来讲,他的大腿、小腿和脚的形体在十五六年的时间内已经定型了——他走路就是这个姿态了,几乎改变不了了,而到邯郸去学步就类似于要改变十五六年来长期形成的走路的风格或姿势,当然很难了。我们经常说的"积习难改""本性难移"其实都是这个道理。"乡音无改鬓毛衰"强调小时候的方言到老都改变不了,这就是文化的力量或习惯的力量,寿陵少年也是如此。笔者认为走路的习惯要从小抓起,不然一旦形成一种姿态或习惯就不容易改变了。从这个意义上讲,这个寿陵少年错过了学习邯郸人走路姿势的最佳时间——他从一两岁,甚至更早就应该到邯郸去学步。因此,寿陵少年没有学会邯郸人走路也是很正常的,因为他错过了学步的最佳时机。

从以上可以看出,由于寿陵少年到邯郸学步类似于跨文化学习,因此他一定要有坚忍不拔的毅力才可能学会邯郸人走路。但是从实际情况看来,这个少年没有学会邯郸人走路的样子,可能是因为不得法,也可能是因为他没有恒心,他应该继续留在邯郸学习邯郸人走路,而不是半途而废。由于文化是一个系统,走路姿势仅仅是这个大文化系统中的子系统,这个寿陵少年应该从各个方面融入邯郸的文化系统,这样他就可能学会了。或者找一个老师,拜师学习邯郸人走路也是可以的。强调事物的普遍联系的观点才是正确的。因此,不能为学走路而只学走路,更重要的是要认识到与走路相关的知识或技能有哪些。寿陵少年可以首先把与邯郸人走路的相关知识和技能学习到手,求助于能帮助自己学习邯郸人走路的人。

寿陵少年没有学成的原因可能很多,一些学者认为他在学步的时候没有以自己已有的学步知识为基础,笔者认为这种观点是值得商榷的。他肯定是不由自主地把学习邯郸人走路的那一套知识建立在自己已有的走路知识的基础上的,但是文化融合之前肯定是有矛盾或有冲突的。他在学习邯郸人走路的时候,甚至可以把自己原先的走路方式忘掉,这样就能克服水土不服的情况,更好地学习邯郸人走路。笔者也认为寿陵少年可能在短时间能够在外观上学会邯郸人走路,但是在精神层面仍然掌握不了邯郸人走路的内涵,或者说展现不出邯郸人走路的精神风貌。也就是说这个寿陵少年仅仅能达到人们经常说的"形像神不像"的境界。当然,如果长期居住在邯郸,久而久之就可能学会或领悟邯郸人走路的精神或本质。总之,寿陵少年这种"跨文化"的学习的确不是一件容易的事。

三、启示

本文从"邯郸学步"的寓言故事开始谈起,依据文化"三层境界说"对这个寓言故事进行分析,可以看出学习外来的文化是极为不易的,而且这个寿陵少年在一二十年的时间内形成的走路姿势已经定型,错过了"邯郸学步"的最佳时期,从这个意义上讲,他没有学会邯郸人走路是很正常的。从文化"三层境界说"来讲,这个少年最容易学习到的,也可能仅仅是文化的器具层面——走起路来像邯郸人走路一样,有其形而没有其神,但是如果想在制度层面和精神层面学到邯郸人走路的内涵,他需要付出更大的努力。

"三层境界说"理论说明了学习外来文化是很难的,甚至是不可能的。这就需要我们秉承文化自信与自觉的精神。邯郸人走路虽然好看,但是那毕竟不是寿陵少年本国的风格。本国人如何将走路走得更好看,需要从本民族文化中挖掘科学和审美的内涵来进行实践,不要过度地崇拜外来文化,不要觉得外来的文化就是好的。

❀ 参考文献·

[1] 方勇.庄子[M].北京:中华书局,2015:274-275.

[2] 胡瀚中.借鉴媒体融合经验,要警惕邯郸学步[J].中国广播影视,2020(14):60-62.

[3] 向贤彪.国家治理不能"邯郸学步",贵在实事求是[J].中国纪检监察,2019(22):15.

[4] 周正逵."邯郸学步"的故事不应该重演了:漫议我国现代语文教育发展之路[J].语

文学习,2019(06):20 - 24.

［5］杜劲松.数字化时代的户外媒体切莫邯郸学步[J].中国广告,2017(01):105 - 107.

［6］郑学文.借鉴经验切莫"邯郸学步"[J].中国邮政,2014(06):31.

［7］周子云.企业文化切忌"邯郸学步"[J].现代企业文化,2012(04):20 - 21.

［8］刘希善."邯郸学步"新议[J].理论学刊,1993(04):101.

［9］李延军,马新民."邯郸学步"文献书证新发现及其典源再辨析[J].邯郸学院学报,2014,24(03):28 - 37.

［10］李红霞,贾建钢."邯郸学步"的定型源流和文化解读[J].邯郸学院学报,2013,23(04):41 - 46.

［11］邢霞.抛弃传统文化就是邯郸学步[N].社会科学报,2015 - 07 - 23(006).

［12］庞朴.近代以来中国人的文化认识历程:兼论文化的时代性与民族性[J].教学与研究,1988(01):35 - 40.

偷鸡贼：给人家改过自新的机会

 **内容提要**

从教育的角度来讲，无论是谁犯了错误，只要承认错误，并有悔改的表现，都应该有一个改过自新的机会。

一、寓言故事与传统寓意

"偷鸡贼"的故事原文如下：

> 今有人日攘邻之鸡者，或告之曰："是非君子之道。"曰："请损之，月攘一鸡，以待来年而后已。"如知其非义，斯速已矣，何待来年？[1]

"偷鸡贼"讲的是有一个人每天都要偷邻居家的一只鸡，后经人劝告，决定逐渐改正的故事。他承诺以后每个月偷一只鸡，等到明年，就再也不偷了。但是既然知道这样做不对，就应该马上改正，为什么还要等到明年呢？

这个寓言故事的传统寓意是：做错了事情要立即改正，既然知道自己是错的，就应该果断彻底地斩断错误之根，彻底改正错误的行为。错误无论大小都是错误，并没有本质的区别，更不应谈什么循序渐进地改正。那种为自己的错误行为找借口、拖延时间的人，实际上没有改过的真心。但是笔者认为，具体问题应该具体分析，虽然不能答应偷鸡贼继续偷鸡，但我们可以分析一下他提出这个要求的原因，帮助他改过自新。

二、偷鸡贼提出要求的理由

从中华民族文化的传统来讲，我们是一个"重义轻利"的民族。这个偷鸡贼丢失了孟子所谓的"善端"，我们需要帮助他找到"善端"，并让他将"善端"发扬光大，这就需要教育。当然，要教育他，首先需要相信他有悔过之心。尤其是作为一个教育者而言，更应该给人家一个改过自新的机会。

（一）知与行是两个不同的概念

上文谈到这则寓言的传统寓意是知道了错误就应该马上改正，事实上问题不是这么简单的。"知道了错误"与"马上改正错误"是两件事。如果是小学生算错了数学题，那他可能立即改过来，改过来对学生来讲毫发无损。但是偷鸡贼的痛改前非并不是那么容易的，因为这涉及他的利益问题。更为重要的是，知道错误强调的是"知"，马上改正错误强调的是"行"，而知与行是两个不同的概念。行是行，知是知，知行合一是极端的情况。知与行的情况不外乎以下几种：先知后行，后知先行，知了不行，行了不知，知行合一和知行不一（也就是说一套做一套）。可见知行合一也仅仅是这若干种知行组合中的一种情况。大多数人的情况应该是先知后行，也就是说"行"一般情况下要滞后于"知"或者说要建立在"知"的基础上。因此偷鸡贼作为一个成年人，可能一直都知道自己的偷盗行为是错的，但是他为什么不早早地回头是岸、痛改前非呢？这本身就说明了知是一回事，行是另一回事，否则他早就改过自新了。明知故犯、知法犯法、身不由己、口是心非、心有余而力不足等词语都充分说明了知道与行动是两回事。事实上也是如此，知道了一件事可能很容易，但是要践行起来却是很难的。在中国哲学史上，哲学家们围绕知与行的关系展开了一系列论战。在这个故事中，偷鸡贼不想立刻停止偷鸡的原因是这触动了他的利益，也就是说在知与行面前，当自己的利益被触动的时候，他嘴上可以答应你，但是心里未必答应。因为知不牵连利益问题，知追究"是什么"的问题，是一个哲学问题；而行却是一个价值判断问题，是应该"怎么做"的问题，可能牵连个人的利益。事实上，知行合一难在利益的冲突。在很多情况下，人们不得不因为利益而选择做一件事，或者因为没有利益而选择不做一件事。

（二）改过自新需要时间

人是习惯的动物，这个习惯好比汽车的惯性，即使是急刹车了，但是车仍然有前冲的趋势，仍然需要向前冲一段很小的距离。从犯错误到改正错误的过程也是一个思想发展变化的过程，在这个过程中犯错的人也可能要经过一番激烈的思想斗争。尊重犯错之人的思想变化过程，在一定程度上就是在践行一种人文主义的精神。这个寓言故事中的偷鸡贼至少有悔改的趋势和态度，这点我们必须肯定。在哲学上人们经常讲量变与质变的关系。其实偷鸡贼想通过逐渐地减少偷鸡的数目来改正错误就体现了哲学上质变与量变的规律。量的不断积累能达到质的飞跃这句话反过来说就是，量的不断减少也能引起质的下降。偷鸡贼答应了从每天偷一只鸡改为每个月偷一只鸡，这个数目减少得很多，量的减少也会引起质的变化，最后他不再以偷鸡为职业了——我们希望而且客观上也应该是这样的。但改过自新需要时间并不意味着在这段时间里可以继续犯错。

（三）偷鸡的社会根源分析

其实，理解偷鸡贼提出这个要求的关键是我们要进一步对偷鸡贼进行调查研究，深入了解偷鸡贼的家庭出身、社会背景、经济状况等。总之，我们要具体情况具体分析，要追问偷鸡贼为什么偷鸡。如果这个偷鸡贼家道殷实，那我们就要批评教育这个偷鸡贼，让其立即改邪归正，就不能答应他的要求。如果偷鸡贼一无所有，或者是一个流浪汉，仅仅凭偷鸡养家糊口或谋生，那他的行为就是可以理解的。为了不让偷鸡贼继续犯错,当地政府应该主动地为偷鸡贼提供职业培训和就业岗位,这样偷鸡贼在无养家糊口之忧的情况下就会心悦诚服地不干偷鸡的事,而从事自己正当的工作。因此我们不仅要从偷鸡贼本人这个微观的主体入手探讨这个问题,也要从宏观的社会环境对他弃恶从善的影响进行分析。

三、启示

长期以来,人们对这个"偷鸡贼"的故事总是秉承一种否定的态度,认为既然知道了错误就应该立即改正过来,通过上面的分析我们可以看出,具体问题需要具体分析。

我们在教学过程中很可能会碰到犯错的学生,如果学生犯的是像"偷鸡"这种偷盗的错误,那老师就必须在了解原因的基础上注意方式方法,让学生立即改正。如果是"上课捣乱"这种小错,那老师要给孩子们一个逐渐改正错误或改正坏习惯的机会。因此,教育不能揠苗助长,老师要有宽广的心胸与接纳万物的能力。

寓言故事寓意阐释

❀ **参考文献** ·

[1] 方勇.孟子[M].北京:中华书局,2015:119.

弈秋诲棋：教学管理与教学环境

 **内容提要**

　　这个寓言故事蕴含的思想是丰富的：从教学的角度来讲，弈秋要重视课堂管理，不能仅仅传道，而不维护课堂纪律；从选择教学环境的角度来讲，不应该把课堂放在有太多干扰的地方，也就是说要为学生的学习选择一个比较合适的环境；我们也可以从学生视角来强调作为学生要珍惜好的教师资源和学习的机会。

一、寓言故事与传统寓意

"弈秋诲棋"的故事原文如下：

　　弈秋，通国之善弈者也。使弈秋诲二人弈，其一人专心致志，惟弈秋之为听。一人虽听之，一心以为有鸿鹄将至，思援弓缴而射之。虽与之俱学，弗若之矣。为是其智弗若与？曰：非然也。[1]

"弈秋诲棋"讲的是善于下棋的弈秋教两个徒弟下棋的故事。其中一个徒弟专心致志，另一个徒弟心里却老想着用弓箭射天鹅，所以后者的学习成绩不如前者。

该寓言故事的传统寓意是：专心致志和一心不二用是取得优异成绩的重要秘诀。周苇风从审美价值的视角解读了这个故事，而不是教育的视角。[2]但是这个寓言故事从本质上讲，强调的应该是教育价值。袁传东虽然强调教育价值或意义，但却是从家庭教育的视角来探讨的。[3]笔者认为从这个寓言故事中看不到家庭教育的信息，因此将只按照作者提供的有关信息阐释寓意。还有学者强调弈秋的教学是有问题的。[4-6]笔者认为的确如此，但是这些学者的观点过于综合，论证也不是太详细，笔者在他们论证的基础上结合当代教育理念，从新的视角强调这个寓言故事的教育意义。

二、教育哲学视角的寓意阐释

（一）教师要强调教学管理的重要性

从教师的角度来讲，寓言故事中的弈秋作为一名教师在教学中是存在问题的，因为从上文中可以看出他仅仅讲授棋艺的知识，但是没有做好课堂教学管理。故事中只有两个学生，实际上就是一对二的教学。这不是大班教学，如果是大班教学，教师视野有限，课堂管理不周也值得谅解。但是现在只有两个学生，作为教师的弈秋更应该在教学管理上有所作为，让开小差的学生将注意力移回棋盘上和自己的讲课上。一些教师在授课的时候就像弈秋一样，仅仅知道把课讲好，对学生的管理从来都是不闻不问，这种做法与观念都是错误的，体现出一种对学生不负责任的态度。讲授知识当然是很重要的，但是作为教师应该明确教学的目标，因为教学需要师生双方的参与。教育教学应该以学生为中心，充分发挥学生的聪明才智，这就需要教师在教学的时候除对学生传授知识外，还要对学生进行适当的管理,使之把注意力集中到课堂上,这才是教师应该做的工作。但是有很多老师就像弈秋一样只专心致志地教学,而不进行教学管理,学生的学习效果肯定是不好的,这样的老师也是不负责任的老师,未必能实现自己的教学目标。教师需要对学生的不良的行为进行及时纠正,只有这样才能让每一个同学在教师的引导下充分发挥自己的聪明才智和学习的积极性。总之,教师在课堂上要充分发挥自己的教学管理职能,通过课堂的管理提高教学的效率,更好地实现教学目标。

(二)教师应该重视教学情境的创设

教师在教学中创设情境是很重要的,好的情境创设是成功的一半,可以引起学生学习的兴趣,把学生的注意力很好地集中在教师讲课的内容上。但是这个寓言故事中课堂的情境设置是不太合理的——教室设置在有天鹅飞过的地方,这也可能是造成寓言故事中那个学生开小差的原因之一。如果弈秋的教学情景创设在没有外界干扰的环境中,也许这个学生就不会开小差,就可能会像第一个学生一样专心致志地跟老师学习下棋。教师在创设情境的时候很有可能创设与这个寓言故事中类似的教学情境,导致学生仅仅对教师创设的场景感兴趣,而对讲课的内容却不太关注。因此教师在创设情境的时候一定不能让自己创设的教学情境喧宾夺主,把学生引入歧途。

(三)以学生为中心的教育理念

在教育教学中,学生学习应该在教学中处于主体地位,教师仅仅是引导者、合作者和组织者。只有强调以学生为中心的教育理念,学生的学习积极性才能得到充分的调动,而且以学生为中心的教育理念更能达到教育的目的。这个寓言故事体现了以教师为中心的教学理念。两个学生听教师讲课,其中一个学生还开小差。这种教师主动讲、学生被动听的授课方式就没有做到以学生为中心,也不利于调动学生学习的积极性。在这种情境下,学生的积极性或主观能动性是受到压制的,至少没有充分发挥出来。弈秋在教学中就没有考虑到学生的主体地位和自己作为引导者、合作者和组织者的作用。如果秉承以学生为中心的教学理念,弈秋首先就应该考虑到那个明目张胆地开小差的同学,把这个同学的注意力从看天空中的天鹅拉回到棋盘上,棋艺的传授不是单方面的灌输,而是师生双边信息的沟通互动,因此教师应该及时关注学生的学习心理活动。

(四)学习品质的重要性

以上三个方面主要是从教师的角度来阐释的,但是我们分析这个寓言故事不仅仅要从教师的角度,而且还要从学生的角度来审视问题。从学生的角度来讲,这个开小差的学生的学习品质是有问题的。有弈秋这样的大师讲授棋艺,他却不知道珍惜这个机会。没有优秀的学习品质,老师的水平再高,学生也不会变成高徒。这个寓言故事也强调在学习中智商虽然重要,但是以学习态度为代表的学习品质也是很重要的。用心听课和不用心听课决定了学习成绩的好坏。勤奋或熟能生巧是很重要的,例如凿壁偷光、孙康映雪、闻鸡起舞等故事都强调在学习的过程中学习品质的重要性。上课好好听讲是作为学生最基本的也是最重要的品质之一,也是学生学习知识、掌握技能和提高素养的前提条件。

三、启示

在教育教学中,"教"很重要,"学"也很重要。这个寓言故事给我们的启示至少有四点:教学管理的重要性、创设情境的重要性、以学生为中心的教育理念的重要性和学生养成优秀学习品质的重要性。在这四点中,前三点是对教师的要求,后一点虽然是对学生的要求,但是作为教师,也要帮助学生养成优秀的学习品质。当然我们也必须清楚地看到弈秋作为一代棋艺大师,他的教学经验不多也是很正常的,这个不争的事实也在一定程度上说明了数学家、物理学家、化学家、文学家等大家在某种程度上未必都是教育家,未必都会教学、懂管理。这个寓言故事的传统寓意主要集中在开小差的学生身上,但事实上,以我们今天的视角来讲,这个寓言故事中的教师也有很多问题,需要强调教师在讲课中应该注意哪些观念和问题。

🌸 参考文献 ·

［1］方勇.孟子［M］.北京:中华书局,2015:224.

［2］周苇风.《孟子》弈秋诲棋中鸿鹄的历史审美价值研究［J］.中原文化研究,2020,8
    (04):97－103.

［3］袁传东.由"弈秋诲棋"想到的［J］.教育文汇,2009(09):42－43.

［4］夏守柱.弈秋教法不可取［J］.北京教育,1994(Z1):28.

［5］朱建霞.有感于弈秋式教学［J］.云南教育(小学教师),2011(Z1):67.

［6］刘秀芬,刘晶.弈秋也有责任:兼谈小学数学教学的情感素质教育［J］.天津教育,
    1998(03):38－39.

弈秋诲棋：教学管理与教学环境

狐假虎威：分清到底是谁的威风

 内容提要

在老虎与狐狸之间，狐狸拿老天爷来震慑老虎，导致老虎不敢吃狐狸，这是"狐假天威"；狐狸在百兽面前借老虎的威风吓走百兽才是真正的"狐假虎威"。这个寓言的寓意也在一定程度上涉及现象与本质的区别：首先老虎不敢吃狐狸，这个现象的本质是老天爷在背后给狐狸撑腰；其次，百兽见到狐狸与老虎都吓跑了——这个是现象，本质是百兽害怕老虎，而不是害怕狐狸。

一、寓言故事与传统寓意

"狐假虎威"的故事原文如下：

江乙对曰："虎求百兽而食之，得狐。狐曰：'子无敢食我也。天帝使我长百兽，今子食我，是逆天帝命也。子以我为不信，吾为子先行，子随我后，观百兽之见我而敢不走乎？'虎以为然，故遂与之行。兽见之皆走。虎不知兽畏己而走也，以为畏狐也……"[1]

"狐假虎威"讲的是狐狸借助老虎的威风骗过老虎的故事。在茂密的森林里，有一只老虎正在寻找食物。一只狐狸从老虎身边窜过。老虎扑过去，把狐狸逮住了。狐狸灵机一动，问老虎："你敢吃我？""为什么不敢？"老虎一愣。"老天爷派我来做你们百兽的首领，你吃了我，就是违抗了老天爷的命令。我看你有多大的胆子！"老虎被蒙住了，松开了爪子。狐狸摇了摇尾巴，说："我带你到百兽面前走一趟，让你看看我的威风。"老虎跟着狐狸朝森林深处走去。百兽看到狐狸身后的老虎吓得撒腿就跑。老虎却以为大家是在怕狐狸。

这个寓言故事的传统寓意是狐狸假借老虎的威势吓唬百兽，比喻仰仗或倚仗别人的权势来欺压、恐吓人，这个寓意笔者也是认可的。但是下面笔者将从现象与本质的视角阐释这个寓言故事的寓意。

二、现实与本质视角的寓意阐释

这个寓言故事成立的一个条件是老虎害怕老天爷，如果老虎不害怕"老天爷"，老虎就把狐狸吃掉了。老虎没有抓住事物的本质，没有搞清楚森林里其他动物究竟是怕它还是怕狐狸这个问题，仅仅看到了其他野兽都被吓跑了这个现象。就像"滥竽充数"的故事一样，究竟是谁吹得不好需要进一步研究考察，需要理性的分析。从这点来讲老虎是缺乏理性精神或反思精神的。老虎需要对此做出进一步的考察，以揭示事物的本质——其他的动物到底是害怕谁？究竟是狐狸的威风还是老虎的威风把野兽吓跑的？

老虎之所以没有吃狐狸是因为狐狸说是老天爷派它来当百兽的领导并管理百兽的，这也说明了狡猾的狐狸主要是依靠老天爷的威风来震慑老虎的，而狐狸震慑或吓跑百兽依靠的是老虎的威风。因此从这个意义上讲，这个寓言故事有双重意义——狐狸借用老天爷的权威来震慑老虎，这个是"狐假天威"；它反过来又用老虎的威风来震慑森林里其他的动物,这个是"狐假虎威"。

三、启示

本文从"狐假虎威"的寓言故事开始谈起,从现象与本质的视角深刻揭示了本寓言故事的双层寓意,狡猾的狐狸首先借助老天爷的权威震慑住了凶恶的老虎,其次通过老虎又震慑住了森林中的其他野兽。老虎两次都没有认清事物的本质与现象的区别。狐狸说老天爷派它来当森林百兽的领导者,这个时候老虎就应该质疑反思,甚至就应该揭穿狐狸的谎言,这次受骗就是因为老虎没有看清事物的本质与现象的区别。当它与狐狸出现在其他动物面前时,其他动物都被吓跑了,这是一个现象,这个现象掩饰了一个本质:其他动物害怕的不是狐狸,而是老虎。但这次老虎仍然没有反思和质疑百兽是害怕自己还是害怕狐狸。从以上意义上讲,老虎上了两次当。最后笔者想说的是,狐狸的狡猾其实是狐狸的聪明,面对强敌和生命的危险,狐狸临危不惧,随机应变,最后从虎口逃生是值得弱小者学习的。

❀ 参考文献 ·

[1] 缪文远,缪伟,罗永莲.战国策[M].北京:中华书局,2012:386-387.

叶公好龙：与叶公怕龙并不矛盾

 **内容提要**

我们经常讲要心怀敬畏之心，显然这里的"敬"与"畏"是不矛盾的；同样叶公好龙与叶公怕龙也是不矛盾的，我们只需要把"好"与"怕"结合起来或统一起来理解就可以。还需要强调的是：其一，叶公好的是画出来或雕刻出来的龙，而不是真龙；其二，真龙出现时的场景其实是挺可怕的，不仅叶公会害怕，一般人也会害怕，叶公逃跑的防卫之心也是情理之中的。

一、寓言故事与传统寓意

"叶公好龙"的故事原文如下：

> 叶公子高好龙，钩以写龙，凿以写龙，屋室雕文以写龙。于是夫龙闻而下之，窥头于牖，拖尾于堂。叶公见之，弃而还走，失其魂魄，五色无主。是

叶公非好龙也,好夫似龙而非龙者也。[1]

"叶公好龙"讲的是叶公喜欢龙却被真龙吓跑的故事。他穿的衣服上绣着龙,戴的帽子上镶着龙,住的房子也一样,墙壁上画着龙,柱子上雕着龙。天上的真龙听说叶公这么喜欢龙,就决定去拜访他。叶公见了真龙,吓得脸色发白,浑身发抖,连忙跑走了。

这个寓言故事的传统寓意是:讽刺名不副实、表里不一的叶公式人物,揭露他们只唱高调、不务实际的坏思想和坏作风。"叶公"通常指表面或口头上对某事物特别喜欢,实际上并不爱好,甚至并不了解,一旦真正接触,不但不爱好甚至还会惧怕它、反对它的人。笔者认为这种观点其实是冤枉了叶公,因为好龙与怕龙并不矛盾。

二、艺术中的龙与现实中的龙是有区别的

"叶公好龙"在大多数人眼中都不是一个褒义词,而是一个贬义词,大多数文献都在说叶公的"坏话"。[2-9]笔者将从"叶公好龙"这个故事本身的视角为叶公辩护。笔者认为,龙"窥头于牖,拖尾于堂"(把头伸进了南窗,把尾巴绕到了北窗),不仅叶公见了这景象会害怕,其他人见了这景象也会害怕的,这是一个庞然大物啊!但是叶公经常见到的图案上的龙是静态的龙,是很温顺的。

叶公好的龙是图案中的龙,而不是真正的龙。换句话说,叶公好的是静态的龙,而不是动态的龙,静态的龙是和蔼可亲的,但是动态的龙是活灵活现的。叶公害怕真龙伤害自己,出于防卫心理的需要,他才逃走的。其实在现实生活中,很多人喜欢的都是画中凶猛的动物,如老虎、狮子等,而不是真实世界的动物。如果在现实生活中遇见了这样真实的动物,几乎所有人都会像叶公一样拔腿就跑。

还需要说明的是,真龙与艺术中的龙是两个不同的概念,人们在说叶公不是真正地好龙的时候,其实混淆了这两个概念。艺术中的龙肯定与现实生活中的真龙是有区别的,把艺术或图案中的龙与现实生活中的真龙相混淆反映了当时

人们概念思维的欠缺。这也说明艺术与现实生活是有差异的,叶公好的是艺术中的龙,怕的是现实中的真龙。

三、启示

叶公喜欢的是图案中的龙,但也应该多了解一些关于龙的知识,这样见到真龙的时候可能早就有了心理准备,就不会那么害怕了。因此,我们看待事物时要全面,应该有"刨根问底"的精神,这样才能真正地了解一个事物。

❀ 参考文献 ·

[1] 马世年. 新序[M]. 北京:中华书局,2014:249.

[2] 宋茜. 重视创新不能"叶公好龙"[N]. 江西日报,2021-12-16(002).

[3] 扶建邦. "引进项目不能叶公好龙"[N]. 北海日报,2018-07-27(001).

[4] 徐甫祥. 扶持残疾人就业莫学"叶公好龙"[J]. 人才资源开发,2017(03):78.

[5] 张司南. 传统企业做电商是不是叶公好龙?[N]. 证券时报,2016-02-26(A01).

[6] 曹茂超. 公众人物涉足艺术业界切莫叶公好龙[J]. 收藏投资导刊,2015(21):18.

[7] 刘振德. 农机行业人才流动:莫让"叶公好龙"故事重演[J]. 现代农业装备,2015(01):62-64.

[8] 江风扬. "强改革"真来时切莫叶公好龙[N]. 深圳商报,2014-09-16(A08).

[9] 蔡笑元. 纸媒转型,是尽心尽力还是叶公好龙[J]. 青年记者,2014(24):16.

叶公好龙:与叶公怕龙并不矛盾

与狐谋皮：爱惜生命与重视方法

 内容提要

> 从狐狸和羊的角度来讲，生命是重要的，出于自保的原因，它们逃跑是很正常的；从人的角度来讲，他"与狐谋皮"这个目的是没有错的，但是他采用的方法不是太妥当，因此无法达到自己"与狐谋皮"的目的。

一、寓言故事与传统寓意

"与狐谋皮"的故事原文如下：

> 周人有爱裘而好珍羞，欲为千金之裘而与狐谋其皮；欲具少牢之珍而与羊谋其羞。言未卒，狐相率逃于重丘之下，羊相呼藏于深林之中。故周人十年不制一裘，五年不具一牢。何者？周人之谋失之。[1]

"与狐谋皮"讲的是周地有个喜好裘皮和精美食物的人，想要缝制一件价值千金的狐裘，就去和狐狸商量剥它的皮做裘衣；想要做像祭祀一样美味丰盛的羊肉佳肴，就去跟羊商量要它的肉的故事。他话还没说完，狐狸一个跟着一个都逃窜到深山里，羊一个呼叫着另一个都躲藏进密林中。因此这个周人十年也没有制成一件皮衣，五年也没有做成一次宴席。这是为什么呢？因为他的做法根本不对头啊！[2]

这则寓言故事的传统寓意强调，如果所谋求的东西直接危害对方的利益，对方是不可能答应的。人都有利己之心，但人们不能忽视一个基本前提，那就是利己的同时不能损害他人的利益，寓言故事中的人就犯了损害他人利益的错误。

二、生命教育视角的寓意阐释

传统的寓意主要是从经济学视角进行阐释的，其实我们更应该从生命哲学或生命教育的角度来分析这个问题，因为这个人的行为会直接导致狐狸与羊的生命的消失，这不仅仅是简单的利益问题，更是对动物生命权的剥夺。这个人缺乏理性精神，相反，狐狸与羊却充满了理性精神，听说这个人要自己的皮和肉的时候就立即逃跑了。从生命自由本能的视角来讲的确应该跑。其实当人类遇到坏人的时候，我们的本能也是想尽一切办法从坏人手里逃脱，事实上狐狸与羊就是这样做的，这在某种意义上是为了保护自己的生命或实力而做出的最好的选择。

三、方法的重要性

这个寓言故事强调做任何事情都是要讲究方式方法的，具体问题对应具体方法。虽然这个寓言故事强调方法的重要性，但是方法的制定是根据什么呢？方法的制定和实施取决于研究问题的对象或内容，研究问题的对象或内容不同，解决问题所采用的方法就是不同的。寓言故事中的这个人没有看对象，也没有顾方法,其结果当然是失败的。

四、启示

"与狐谋皮"故事中的人想损害狐狸和羊的利益,从而为自己谋福利,从这个意义上讲,这个人很不厚道。损人利己的作风是不道德的,有时甚至是一种违法行为,当然不会赢得人们的支持。这个人也是不懂人情世故和换位思考的,假如他是狐狸或羊,会不会同意这样一个要求呢?按照"己所不欲,勿施于人"的原则,将心比心地衡量一下,这个人也不会说如此傻的话。当然这个人也是很不讲策略的。正常来讲,在不损害对方利益的前提下,我们可以直言不讳,也可以旁敲侧击,关键是看对象和内容,所以要具体问题具体分析。

❀ 参考文献

[1] 田战省.中国寓言故事[M].西安:陕西科学技术出版社,2012:142.
[2] 人民文学出版社编辑部.中国寓言故事精选[M].北京:人民教育出版社,2018:53.

寓言故事寓意阐释

伤仲永：起点不代表过程和终点

内容提要

    人生的起点仅仅是起点，不能代表终点，也不能代表过程。很多人常常杞人忧天，不想让孩子输在起跑线上。但是孩子是在不断成长的，有无限的发展潜能，所以不能给孩子贴上任何标签。方仲永的悲剧有多方面的原因，若一个人只关注自己的起点，但忽视发展的过程，那终点往往是不尽如人意的。

一、寓言故事与传统寓意

"伤仲永"的故事原文如下：

    金溪民方仲永，世隶耕。仲永生五年，未尝识书具，忽啼求之。父异焉，借旁近与之，即书诗四句，并自为其名。其诗以养父母、收族为意，传一乡秀才观之。自是指物作诗立就，其文理皆有可观者。邑人奇之，稍稍宾客其父，或以钱币乞之。父利其然也，日扳仲永环谒于邑人，不使学。予闻之也久。明道中，从先人还家，于舅家见之，十二三矣。令作诗，不能称前时之闻。又七年，还自扬州，复到舅家，问焉，曰："泯然众人矣。"王子曰：仲永之通悟，受之天也。其受之天也，贤于材人远矣。卒之为众人，则其受于人者不至也。彼其受之天也，如此其贤也，不受之人，且为众人；今夫不受之天，固众人，又不受之人，得为众人而已邪？[1]

"伤仲永"讲的是神童方仲永因后天没有学习而且被父亲当作赚钱工具而变成普通人的故事。金溪这个叫"方仲永"的百姓，家中世代以耕田为业。仲永长到五岁时，不曾认识书写工具。忽然有一天仲永哭着索要这些东西。他的父亲对此感到诧异，就从邻居那里把那些东西借来给他，仲永立刻写下了四句诗，并题上了自己的名字。这首诗以赡养父母和团结同宗族的人为主旨，全乡的秀才观赏之后都赞叹不已。从此，无论是谁指定事物让方仲永作诗，他都能立刻完成，并且诗的文采和道理都有值得赞赏的地方。同县的人们对此都感到非常惊奇，渐渐地都以宾客之礼对待他的父亲，还有人花钱求取仲永的诗。方仲永的父亲认为这样有利可图，就每天带着仲永四处拜访，不让他学习。方仲永十二三岁时写出来的诗已经不能与从前的名声相称了。又过了七年，方仲永已经和普通人没有什么区别了。

在王安石看来，方仲永的通达聪慧是先天得到的，他的天赋比一般有才能的人要高得多，但最终成为一个平凡的人，是因为他后天所受的教育还没有达到要求。天资是那样好的仲永没有受到正常的后天教育，尚且成为平凡的人，那些本来就不天生聪明的人，又不接受后天的教育，恐怕连成为普通人都做不到。[2]

从"伤仲永"中很容易看出王安石的教育哲学思想就是"学而知之"，而不是"生而知之"。在王安石看来，虽然天赋观念很重要，但是后天的学习才是最重要的。[3]后人对方仲永一般都是秉承否定的态度，强调无论干什么事都不能学习方仲永。[4]有学者认为，这个寓言故事对方仲永从小的聪明情况的描写有点夸张，方仲永的悲剧暴露了中国古代家庭教育的一些问题。[5]我们的社会是进步的，以家庭教育或私塾教育为主的传统教育形式被现代学校教育所取代，这在很大程度上避免或杜绝了方仲永悲剧的产生。笔者认为方仲永"伤"在标签主义,"伤"在没有新生活,"伤"在教育的缺失,"伤"在没有竞争机制。下面笔者分析方仲永悲剧产生的原因。

二、对方仲永悲剧的理性分析

(一)没有生活就没有诗篇

南宋诗人陆游在《示子遹》一诗中说道:"汝果欲学诗,功夫在诗外。"现实生活是艺术创作的源泉,方仲永作诗也应该在现实生活中寻找灵感。方仲永的艺术创作之路越来越艰辛的原因在于他的生活枯萎了,没有在生活中寻找诗篇,仅仅为创作而创作,最后当然创作不出好诗篇了。方仲永以前的生活让他写出了很多诗篇,但是因为他在熟悉的生活场景中把该作的诗全作完了,而且他的现实生活圈子没有改变,他所掌握的知识也没有变化,所以他在没有新生活的情况下是很难继续作诗的。方仲永的情感太平稳,生活太平淡,整天写诗卖钱,除此之外就没有其他生活了。一般而言,一个人必须经历悲欢离合,拥有满腔热血,才能有感而发,创作出好诗篇。当然这些都需要创设情景的激发或引导,但是方仲永的生活条件或圈子是不具备这些条件的。诗作为艺术创作的一种形式是反映现实生活的,没有现实生活作为素材,写出的诗就空洞无物。总之,方仲永悲剧产生的原因之一就是他没有新的生活体验,也没有学到新的知识。

(二)标签主义的负面影响

从社会心理学的角度来讲,我们不应该给小孩贴标签。方仲永被贴上了"神童"的标签,当然很高兴,也当然会骄傲自满,从某种程度上讲,这是很正常的一种心态,很符合人性。但是人不能骄傲自满,而要戒骄戒躁,要谦虚。谦虚其实分两种:一种是表面谦虚,内心很骄傲;另一种是默默无闻的谦虚,也就是真正的谦虚。如果属于第一种谦虚的情况,人就容易不思进取、原地踏步,更不要说树立"活到老,学到老"的终身学习理念了。如果属于第二种谦虚的情况,人就应该把自己的缺点或短处改正过来,继续努力地向前发展,不能局限于已经有的成绩,而应该给自己树立一个更为宏大长远的战略目标。作为未成年人的方仲永正处在发展和成长阶段,他没有调整好这个标签带来的自满心理,也没有为自己设立一个远大的目标。对孩子既要有表扬,也要有批评,表扬和批评有着清晰的界限,该表扬的时候一定要表扬,该批评的时候一定要批评,两手都要抓,但是无论是表扬还是批评都不能给孩子贴标签。

(三)教育的重要性

笔者认为方仲永悲剧产生的最直接的原因是:父母不让他学习,而是让他作诗卖钱。当时是没有关于义务教育的法律法规的,他父亲不让他学习,就等于让他安于现状。有学者从未成年人有受教育的权利的视角来分析方仲永的悲剧,这是很深刻的。[6]如果方仲永继续读书深造,也许他的悲剧就不会发生了。从这个意义上讲,国家有良好的教育制度是很重要的。方仲永的悲剧也说明了家庭教育的重要性。家庭教育是对个人成长起到关键性作用的教育形式,应该在未成年人的成长过程中发挥良好作用。[7]在方仲永的家庭中,良好的家庭教育是缺失的,方仲永的父母是不负责任的,这直接导致了方仲永的悲剧。若仲永的父母珍惜他的天赋,懂得教育的重要性,也许仲永就不会变成普通人了。因此好的家庭教育可以给孩子一个好的指引,国家的教育制度可以保障孩子受到教育的权利,两者都是非常重要的。

(四)缺少竞争机制

一个人或企业在没有竞争对手的情况下往往既是胜利者又是失败者。因为没有竞争对手,人就容易有一种自高自大的心态,养成不思进取的习惯,无法充分发挥自己的潜能。在经济学中有一个词叫"鲶鱼效应"。据说挪威人喜欢吃沙丁鱼,尤其是活鱼。市场上活鱼的价格要比死鱼高许多,所以渔民总是千方百计地带活沙丁鱼回港。虽经渔民做出了种种努力,可大部分沙丁鱼还是会在中途窒息而死。后来,有人在装沙丁鱼的鱼槽里放进了一条以沙丁鱼为主要食物的鲶鱼。沙丁鱼见了鲶鱼之后四处躲避,这样一来缺氧的问题就得到解决了,大多数沙丁鱼都活蹦乱跳地回到了渔港,渔民也卖了一个好价钱。这个故事说明了竞争机制的重要性。从这个故事中我们发现方仲永在很小的时候是"神童",是无竞争对手的,他在这方面是缺少压力的,所以就缺乏向上的动力。其家长没有考虑到这一点,也没有外人的点拨,这也可能是悲剧产生的原因之一。假如有几个和方仲永一样的"神童",那他们几个人就可能会相互竞争,这种有效的竞争机制可以激发他们的潜能,充分调动他们的学习积极性,这样"方仲永现象"可能就不会出现了。

三、启示

起跑线固然重要,但是起跑线不决定终点,更代表不了过程。分析方仲永悲剧产生的原因并给出解释,在今天的教育中仍然有着重要意义。笔者虽然主要从四个方面剖析了方仲永悲剧产生的原因,但是其悲剧的产生肯定还是有其他方面的原因的,例如方仲永在成长的道路上没有得到伯乐的赏识和点拨。笔者在此不再展开说明。以上分析对我们今天的教育有很大的启示。现在的生活条件比过去好多了,家长在家庭里往往比较溺爱孩子,孩子没有什么竞争压力,也没有面对什么挑战,这很不利于孩子成长。我们当然不应该给孩子贴标签,应该鼓励孩子,但也要教孩子保持真正的谦逊。家庭和社会应当联手,减少、杜绝方仲永悲剧的产生。

❀ 参考文献 ·

[1] 王安石.王安石全集[M].张鹤鸣,整理.武汉:崇文书局,2020:682-683.

[2] 刘敬余.中国古今寓言[M].北京:北京教育出版社,2020:11.

[3] 詹龙雨.也谈王安石的人才观:由《伤仲永》的评价说开去[J].六安师专学报,1999(03):95-100.

[4] 董吉贺.莫让"网红儿童"堕化为现代版的"伤仲永"[J].今日教育(幼教金刊),2022(05):1.

[5] 魏国权.对王安石《伤仲永》一文的质疑与阐释[J].语文学刊,2005(12):72-74.

［6］王木木.从《伤仲永》浅谈未成年人的受教育权[J].青少年法治教育,2019(07):28-
29.

［7］秦树泽.教育公平视域下家庭教育的有效性审视:兼评《家庭教育促进法》[J].清华
大学教育研究,2023,44(04):73-79.

寓言故事寓意阐释

狐狸和乌鸦：情感与理智的冲突

 **内容提要**

　　在这个寓言故事中，乌鸦具有丰富的情感，成了劳动者和受骗者；狐狸相对比较理智，成了食利阶层和巧取豪夺者。从财富生产与分配的角度来讲，乌鸦是财富的产生者，而狐狸却是财富的获取者，狐狸不是人们学习的好榜样。我们主张的是诚实劳动、合法经营，依靠自己的双手来创造财富。从这个意义上讲，狐狸只能是反面教材，我们也应该从乌鸦受骗上当的经历中汲取经验教训。

一、寓言故事与传统寓意

"狐狸和乌鸦"的故事情节如下：

　　大鸦偷了一块肉，飞落在大树上。狐狸看见了，想得到那块肉，便一屁股坐在树下,对大鸦说:"论容貌你在鸟类中堪称首屈一指。你体态优美,举止庄重,羽色光鲜,天生就具备当众鸟之王的禀赋。如果你再能发出声音,称王一事就十拿九稳了。"

大鸦为了显示自己能发出声音,便松开嘴边的肉,大声叫唤起来。狐狸忙不迭地跑上去,抢到了那块肉,说道:"喂,大鸦,你要是再聪明一点,当鸟中之王的条件就完备无缺了。"[1]

"大鸦"即"乌鸦",该故事的传统寓意是:保持清醒的头脑,面对诱惑,不能轻易相信别人的话,遇事要动脑分析,避免上当。这个故事讽刺了那些虚荣心比较强、自以为是并且爱炫耀的人。从教学设计的角度来探讨这个寓言故事的文献较多[2],续写或者新编这个寓言故事的文献也比较多[3-4]。一些学者认为这个寓言故事的教育意义或者说寓意是很复杂的,可能会引起误解,比如说狐狸的狡猾类似于聪明,那狐狸是不是大家学习的榜样呢?[5]毕竟它是"胜利者"——它剥夺了乌鸦的"劳动成果"。但是笔者认为狐狸不是真正的胜利者,也不是人们学习的榜样。"狐狸和乌鸦"的故事反映了人类情感与理智的较量,彰显了理性精神的重要性。

二、财富生产与分配视角的寓意阐释

狐狸这种行为不好,如果人人都像狐狸一样通过花言巧语来骗取财富,我们整个社会就会变成食利社会,那么谁还从事物质财富的生产工作呢?从生产和分配的角度来讲,只有生产的财富多了,分配的财富才能多。因此重视生产才最重要,然后才能强调分配的重要性。但是分配不公平也会影响下一次的生产。例如这个狐狸剥夺了乌鸦的财富,乌鸦也可能像狐狸一样以后不再寻找食物了,而是依靠花言巧语骗取其他动物的食物,但是如果所有的动物都想像狐狸一样不劳而获,那就没有动物去寻找食物了,所有动物都会面临饿死的风险。从整个宏观动物界的视角来讲,狐狸的行为是不值得学习的,人人都应该像乌鸦一样通过自己的辛苦劳动获取食物,这才是值得鼓励的做法。这一次狐狸夺走了乌鸦的劳动果实,但是下一次呢? 乌鸦还会上狐狸的当吗? 显然不会了! 那么下一次狐狸就会饿肚子了,从长远来看,吃亏的还是狐狸自己。

三、经济与社会视角的寓意阐释

人不仅应该看到经济利益,更应该坚守品质,看到不正当利益带来的影响。一块肉丢了,可以再生产,但是优秀的品质一旦丢失,不好的习惯一旦养成,就很难回到最初的时候了,这比丢物质财富更可怕。骗吃骗喝的不好行为一旦传出去,狐狸的声望就会受到影响,其他动物都会对狐狸嗤之以鼻的。狐狸只骗取了一小块肉就让自己的名誉受损,从这点来讲有点得不偿失,或者说因小失大。因此狐狸的行为是不值得提倡的。乌鸦虽然丢了一块肉,但可以通过自己的劳动再寻找一块,只要勤于劳动,食物总会有的。因此,经济利益固然重要,但社会形象也很重要。

四、理智与情感视角的寓意阐释

"乌鸦喝水"故事中的乌鸦体现了一种智慧和理性精神,而"乌鸦与狐狸"中的乌鸦却是一个爱慕虚荣、情感丰满的动物。故事中狡猾的狐狸却成了聪明和理性精神的象征,而且极具推理意识,很会分析问题。狐狸想的是如何能吃到乌鸦嘴中的肉,然后它就开始分析这个问题:肉是在乌鸦嘴里的,乌鸦一张嘴说话肉就会掉下来,那如何引诱乌鸦张嘴说话呢? 最后狐狸为了解决问题,就夸奖乌鸦唱歌好听。乌鸦虽然也是具有理性精神的,但是它的感性和虚荣占了上风,于是它就张开了嘴巴,肉掉了下来。人和动物都是有感情的动物,尤其是在别人夸自己的时候,虚荣心往往就开始膨胀了。这个寓言故事表面上是写乌鸦与狐狸的关系,实际上是写人与人之间的关系。有些人禁不起诱惑,最喜欢被别人夸,但可能最终被这个夸自己的人暗算。当我们被人夸的时候,一定要想清楚别人为什么夸自己,是否有别的意图。如果乌鸦也具有理性的精神,通过分析的方法，一步一步地探索狐狸为什么平时不夸自己，偏偏在自己嘴里叼了一块肉的时候夸自己，也许就不会上当受骗了。

五、狐狸"狡猾"的合理性

狐狸经常被强调是"狡猾"的象征，在中国古代寓言故事和西方的寓言故事中都是如此。例如，"狐假虎威"是在中国传统文化中关于狐狸狡猾的故事，在"狐狸与乌鸦"这个古希腊寓言故事中，我们仍然能够看到狡猾的狐狸。

但是笔者认为，狐狸的狡猾在某种程度上也是聪明的表现，这种聪明常常是出于生存的本能。狐狸的种类很多，有赤狐、藏狐、沙狐等，分布范围也广，人们之所以说它们狡猾，主要是因为它们适应性强、本领多，而且还多疑。狐狸的反应很灵敏，它们在遇到危险情况时，首先要保护自己，还会利用一些计谋来达到目的。"狡猾"这两个字是人类在与狐狸做斗争的过程中做出的概括与总结，从这个意义上讲，狐狸为了求生而"狡猾"是可以理解的，但这并不代表欺骗等行为是正确的。保护自己，但也不应该伤害他人。

六、启示

"狐狸和乌鸦"故事中的狐狸具有理性精神和推理判断的思想，而乌鸦是爱慕虚荣的代表。乌鸦应该冷静地思考一下狐狸这么多花言巧语的目的是什么。人类社会也是如此。当我们被别人夸的时候，要低调一些，谦虚一些，清楚别人为什么夸自己。当然，狐狸并不是我们学习的榜样，狐狸在这个故事中是一个反面教材，依靠行骗生活不是长远之计，行骗会使自己的名誉严重受损，影响自己的社会地位，这种影响是伴随一生的。因此我们不能学狐狸不劳而获，也不能像乌鸦一样被花言巧语迷惑，要随时保持清醒。

❀ 参考文献 ·

[1] 伊索.伊索寓言全集[M].李汝仪,译.南京:译林出版社,2019:115 - 116.

[2] 曹银艮.《狐狸和乌鸦》教学设计[J].小学语文教学,2018(24):41 - 43.

[3] 王馨悦.《狐狸和乌鸦》续写:肉被骗走以后[J].青少年日记(小学生版),2014
     (03):18.

[4] 赵学颖,周舒宁.《狐狸与乌鸦》新传[J].课外生活,2014(Z1):88.

[5] 吴成世.从《狐狸和乌鸦》之教育价值说起[J].内蒙古教育,2008(19):49 - 50.

狐狸和乌鸦：情感与理智的冲突

北风与太阳：知己知彼，以短克长

 内容提要

　　这个寓言故事主要强调的是不要拿自己的短处与别人的长处相比，同时也说明了自我认识的重要性，北风所犯的错误就是没有正确地认识它自己。这个寓言故事也有着重要的教育意义：春风化雨式的教育才能产生好的教育效果。

一、寓言故事与传统寓意

"北风与太阳"的故事情节如下：

　　北风和太阳比试谁的力量大。他们商定，谁能剥去行人的衣服，谁就能获得象征胜利的棕榈枝。

　　先由北风来显身手。他开始猛烈地吹气，行人把衣服搂紧，他就吹得更加猛烈。行人觉得冷不可耐，便添加了更多的衣服。北风终于泄气了，只得让太阳来施展本领。

太阳一上来先是温和地晒，行人脱去了添加的衣服。接着太阳越晒越厉害，行人觉得热不可当，就脱光衣服，扑通一声跳入附近的河里洗澡去了。[1]

该故事的传统寓意是：劝说往往比强迫更为有效。成功不是靠给人压力、逼迫他人就能获得的，疾言厉色或者使用暴力是无法令人心服口服的，反而是给他人温暖和尊重的人才有可能成为胜利者。

二、自我认识的重要性

北风没有认识到自己最擅长的是让天气变冷，天气变冷了之后人们只会穿衣服，或把衣服裹得更紧，而不会脱衣服。北风没有通过这样一个简单的分析与推理，就与太阳比较高低，显然不会成功。如果它略加思考，可能就不会这么莽撞地与太阳比赛了。这就是拿自己的短处与别人的长处相比。太阳最擅长的是给人们带来温暖，天气热了人们才会脱衣服，甚至跳下河去洗澡。太阳是知己知彼的，是了解人们的生活习性的，但是北风对人们现实生活的习性却不太了解，它没有认识到让人们脱衣服需要的是温暖，而不是寒冷。因此北风在充分发挥自己的能力之后失败了。

三、启示

"北风与太阳"的故事给我们今天的教育工作带来两个启示。首先，教师需要引导学生正确认识自己，不拿自己的短处与他人的长处比，让学生明白要想成就自己，就应努力挖掘自身的潜力，坚持做到认同自己、发展自己，不妄自菲薄，不妄自尊大，不急于求成，不轻言放弃。[2]第二，和风细雨的说教能让人如沐春风，而狂风暴雨的猛烈抨击只会让人望而却步，因此教师应该让学生在有温度的教育中成长。

❀ **参考文献** ·

［1］伊索.伊索寓言全集［M］.李汝仪,译.南京:译林出版社,2019:53-54.

［2］李世梅,钟乐江.正确认识自己［J］.湖北教育(新班主任),2014(03):13.

寓言故事寓意阐释

乌龟与野鸭:职业安全教育重要

 **内容提要**

从职业安全教育的视角来讲,乌龟缺乏高空飞行的基本知识与技能的岗前培训,这是其悲剧产生的原因之一。该寓言故事强调安全知识、技能与细节的重要性,强调多种保险形式交叉并存的重要性,因此对一些涉及安全生产的企事业单位有着重要的价值和意义。

一、寓言故事与传统寓意

"乌龟与野鸭"的故事情节如下:

从前,有只头脑简单的乌龟,在洞里待腻了,想到外面见见世面。

乌龟大姐把自己的打算告诉了两只野鸭。鸭子说,它们可以想办法使它如愿以偿。

"请你看看这条大道，我们顺着它从空中把你送到美洲。沿途中你会看到许多国家和民族，能见到各种奇风异俗。有个叫乌利西斯的国王也曾走过这条路线。"

想不到自己竟然能和乌利西斯大英雄相提并论，乌龟乐不可支，立刻接受了鸭子的意见，把日期定了下来。

为了空运乌龟，鸭子准备了一种飞行工具，就是在乌龟的嘴里横放了一根木棍，然后吩咐它道："咬紧啊，万万不能松口！"说罢，两只鸭子各架起棍子的一头，腾空而起，把乌龟送上了天。

乌龟身背厚壳，被架在野鸭之间遨游。一路上它们经过的地方，没有一个人不抬头观看这一奇景，大家都十分惊叹。

"真是神了！"大家喊道，"快看呀！乌龟皇后飞上天了！简直是千古奇观哪！"

"皇后？真的，是皇后。该不是嘲笑我吧，我是皇后？！"

假若乌龟在旅途中一言不发就万事大吉了，因为一开口就是大灾祸。可是它偏偏忍不住自己的激动之情。就在它开口说话之际，它从空中一个倒栽葱，摔死在那些观看者的脚边。[1]

该故事的传统寓意是：不谨慎、多嘴多舌、愚蠢的虚荣心和无比的好奇心，都是成功的敌人。笔者想从职业教育的视角阐释这个寓言故事的寓意。

二、职业教育视角的寓意阐释

(一) 乌龟缺少高空旅游的安全培训

野鸭需要对乌龟的悲剧负责任。飞行是野鸭的本能，而不是乌龟的本能。野鸭的安全意识淡薄，对乌龟生活习性也不太了解，没有考虑到乌龟所处的生活环境与自己的生活环境是不一样的。乌龟也对高空旅行缺乏正确的认识。按照安全职业教育的发展与要求，乌龟开始高空飞行需要参加飞前培训，而野鸭没有给乌龟进行高空旅行基本知识和基本技能培训，这才是乌龟悲剧产生的根源。乌龟"多嘴"只能说明乌龟缺乏理性精神，没有记住野鸭的话。乌龟从来没有离开过大地，现在到高空中去旅行，天上的一切与地上的一切是不一样的，所以乌龟到了新的地方，有了新感觉，产生好奇心也是很正常的。就如人们第一次坐飞机会有新鲜感，想表达坐飞机的情感体验，这是很正常的。但是乌龟没有高空飞行的经历，没有高空飞行的安全意识，更没有掌握高空飞行最基本的安全知识和安全操作技能。在被两只野鸭架飞之前，乌龟应该接受飞前培训，熟悉在高空旅行的过程，这样乌龟悲剧发生的概率就会大大地降低。

（二）乌龟高空旅游的保险形式单一

保险有单一保险、双重保险、多重保险等形式。乌龟的悲剧在某种程度上就是因为保险形式太过于单一。在这个故事中，唯一的保险就是木棍，乌龟嘴咬着木棍能坚持多长时间？假如乌龟在半空中坚持了一段时间之后，咬不住木棍了，乌龟怎么告诉野鸭并让野鸭降落在地停止飞翔呢？乌龟只能张嘴说话，但是一张嘴说话，乌龟与木棍就分离了，乌龟就会摔到地上。这就说明乌龟万一嘴咬不住木棍了，连提前告知野鸭的机会都没有。因此，乌龟仅仅用嘴咬住木棍的方式是有问题的，这种安全保险措施太单一。两只野鸭没有认识到这一点，没有考虑到万一出现乌龟"失嘴"的情况该怎么办，仅仅是让乌龟在高空旅行中咬住木棍不要松口。假如用绳子把乌龟的几条腿都缠在木棍上，甚至捆绑在野鸭身上，乌龟的飞行就有了多重保险措施。至少当乌龟的嘴松开时，乌龟不至于摔下来。因此在现实生活中，我们应该采用多种保险形式来让自己的生命安全得到充分的保障，让企业的安全生产得以顺利地进行。

（三）乌龟身体结构不适合高空旅游

野鸭可以自己在天上飞，但乌龟不可以，它们是两个不同的生态群体。乌龟与野鸭的生活习性是不相同的，甚至相差很远。乌龟不可能像野鸭那样天天在天空中依靠本能来回自由地飞翔。那根棍子的粗糙度和粗细影响着乌龟旅行的安全性。如果棍子太光滑，乌龟的牙齿未必能咬住，如果棍子太粗，乌龟的嘴巴也未必能咬住，这些虽然是很小的细节，但是细节决定成败，无论是乌龟还是野鸭都应该认真考虑一下。其实乌龟的空中旅行是很痛苦的,短时间乌龟可能感觉不到,但是时间一长乌龟就会觉得很累很累,因为用嘴咬着木棍就好像一个人拿了一个重物,这对乌龟的脖颈来说是一种严峻的考验。

三、启示

从职业教育的视角来讲,乌龟的悲剧产生的原因是它缺乏飞前培训。乌龟经过飞前培训并学习高空安全基础知识和操作技能之后方能飞行,这对今天各个领域的职业工作者而言都具有很强的启发和借鉴意义。同时,我们也不能忽视知识、技能、保险和细节在安全生产中的重要性。

❀ 参考文献 ·

[1] 拉封丹.拉封丹寓言[M].小贝壳工作室,编译.合肥:安徽文艺出版社,2004:167 - 168.

狮子与牛虻：人要正确认识自我

 **内容提要**

　　所谓的牛虻战胜了狮子其实是有问题的,牛虻仅仅是让狮子受了点伤,并没有把狮子杀死。从本质上讲,两者的力量没有可比性。同时,动物之间,甚至人与人之间的"战胜"未必有传递性。当然,本寓言故事也强调认识自我的重要性。

一、寓言故事与传统寓意

"狮子与牛虻"的故事情节如下:

　　"滚蛋!你这个不够我塞牙缝的小虫!"

　　一天,狮子看到一只牛虻在它头上飞来飞去,不由得大发雷霆,对着牛虻破口大骂,言辞粗鲁,不堪入耳。

被激怒的牛虻向狮子发表了宣战书：

"你自以为是百兽之王就可称霸天下吗？我偏偏就不吃你这一套。要知道公牛比你还有力气,可我都能将它制伏得老老实实!"

只见它边说边摆开了架势,向狮子的脖子发起了攻击。

狮子万万没有想到:一向被它蔑视的牛虻竟然敢如此放肆、骁勇。它气得四爪乱舞,狂呼怒吼,吓得百兽魂不附体,逃之夭夭。谁都无法相信,这只小小的牛虻把百兽之王折腾得如此狼狈。

小小的牛虻越战越勇,用带刺的尖嘴咬得狮子身上伤痕累累,就连鼻孔都遭到了袭击。

机灵的牛虻不停地叮咬狮子的脊背、肚皮和狮唇,气得狮子几乎发疯,用尖牙利爪把自己撕咬得遍体鳞伤,鲜血淋漓,它还用尾巴抽打着自己的身体,鞭打那不着边际的耳边风。

最后,愤怒之狮终于疲惫不堪,精疲力竭,无力地瘫倒在地。牛虻胜利了! 它这才鸣金收兵,凯旋而归。

一路上,牛虻吹号贺胜,好不得意,到处夸耀自己的战果。却不料蜘蛛张网以待,牛虻掉进了网中,断送了性命。[1]

该寓言故事的传统寓意是:轻敌的思想不可有,能够战胜强大对手的人,也会因为一些小失误而葬送自己的前程。也就是说,想要一直胜利,就必须注重细节,不可以骄傲轻敌。

二、自我认识视角的寓意阐释

牛虻虽然能够战胜狮子,但是并没有把狮子咬死,而且牛虻一不留神有可能被狮子吞进肚子里或被狮子的爪子抓死。可以这样讲,牛虻战胜狮子是具有一定的偶然性的,并不是说牛虻能够百分百战胜狮子。牛虻虽然战胜了狮子,但是狮子的实力依然存在,而且狮子对牛虻的伤害可能是致命的,但是牛虻对狮子的伤害却是有限的。所以牛虻不应该骄傲,而应该谦虚谨慎,明白自己战胜狮子这件事是具有一定的偶然性的。牛虻所犯的最大错误在于不能正确地认识自我。它应该对自己的实力有一个清晰的认识,不能骄傲轻敌。

　　笔者更想强调的是动物界的能力不具有传递性。牛虻战胜了狮子,蜘蛛网战胜了牛虻,照这样推理下去就是蜘蛛网或蜘蛛更能战胜狮子,其实这个推理是错误的。蜘蛛网并不能网住狮子,狮子是属于力量型的,牛虻是属于灵活型的,这点牛虻可能没有想到,自己怕蜘蛛网,但是人家狮子是不怕的。牛虻所谓的强大也可能是虚幻的强大,甚至就是昙花一现的强大。

三、启示

　　牛虻所犯的错误一方面是骄傲轻敌,另一方面是对自我没有更为理性的、深刻的认识。作为普通人,我们也应该重视这一点,保持谦逊,经常自省,才能清醒地认识自我,保护自我。

❀ 参考文献·

［1］拉封丹.拉封丹寓言［M］.小贝壳工作室,编译.合肥:安徽文艺出版社,2004:23-24.

坐井观天:强调经验主义的局限性

 内容提要

　　人们生活的空间或拥有的境界是有大小之分的,但是对空间的认识或对拥有的境界的认识应该摆脱经验主义的束缚。我们应该强调用理性精神来认识自己的生活空间和其他空间,这也是认识自我的一个重要方面。

一、寓言故事与传统寓意

"坐井观天"的故事情节如下:

　　青蛙坐在井里。小鸟飞来,落在井沿上。青蛙问小鸟:"你从哪儿来呀?"小鸟回答说:"我从天上来,飞了一百多里,口渴了,下来找点儿水喝。"青蛙说:"朋友,别说大话了! 天不过井口那么大,还用飞那么远吗?"小鸟说:"你弄错了。天无边无际,大得很哪!"青蛙笑了,说:"朋友,我天天坐在井里，一抬头就能看见天。我不会弄错的。"小鸟也笑了，说："朋友，你是弄错了。不信，你跳出井来看一看吧。"[1]

《庄子》中也提到了与"坐井观天"类似的故事，但书中并没有歧视井中青蛙的境界低，仅仅强调井底之蛙不能谈论大海，是因为它受住处的限制。[2]笔者认同这个观点，因为井中的青蛙没有见过大海，它不了解大海，当然没有办法谈论大海。刘敬余认为这个寓言故事的寓意应该是：山外有山，人外有人，不管什么时候我们都要清楚自己的位置，否则很容易因为自大而给自己带来麻烦。[3]还有一些学者从物理学的视角来探讨这个寓言故事。[4-6]笔者认为"坐井观天"更是一个哲学上的认识论问题，也是一个境界论的问题。一些学者认为不要坐井观天[7]，但是有时候"坐井观天"是因为不得已或者说没有办法。其实人类也是"坐井观天"的动物——坐在地球上观宇宙。虽然人类早就想到火星上去或其他星球上去，但是愿望的实现也不是一件容易的事。

二、人类现实生活的局限性

"坐井观天"这个寓言故事说明了人类经验的局限性，也就是说人类的实践活动是在有限的时空和有限的条件下完成的。这种经验的局限性也说明了在有限世界中依靠实践经验获取的知识是有局限性的，甚至可能是错误的。空间狭小决定了井底之蛙实践活动的有限性和认识的有限性。虽然经验都是有局限性的，但是在实践活动范围较大的空间或场所中，经验的局限性就要小一些。例如井外的小鸟对周边事物的认识虽然也是有局限性的，但是这个局限性要比井底之蛙的局限性小得多，小鸟至少知道天不会是井口那么大。这就要求我们在认识事物时不能被实践活动的空间所限制。最初人类认识宇宙的大小与青蛙认识天的大小是很类似的。但是，人类后来的实践活动也证明了宇宙并非人类最初认为的那么小，而是很大很大的。那只青蛙如果跳出井到岸上来，也会认识到自己以前在井中对世界的认识是有问题的，天不是像井口一样大的，而是比井口大得多。在很多情况下我们就像井中的青蛙，认为天就像井口一样大。为了更好地开阔自己狭隘的眼界,就需要解放思想、转变观念,依靠行动跳出自己狭隘的圈子,扩大社会交往面与实践活动面,从而对世界有一个更准确的认识。青蛙认识世界依靠的是自己的视觉,甚至是本能。但是人类不仅需要依靠自己的视觉认识宇宙,也需要依靠自己的实践活动、理论、工具和其他手段加深自己对事物或这个世界的认识。

三、启示

"坐井观天"的寓言故事说明了经验主义在一些情况下是不可靠的。但是人类认识事物是无法摆脱经验主义束缚的。经验在人类认识事物的过程中是非常重要的,可以说经验主义是认识论的基础。但经验是有局限性的,我们如果要把经验上升到理论的高度,就需要强调知识的重要性,尤其是强调科学知识的重要性,也要强调实践活动的重要性,更需要进行实践活动来获取真理、检验真理。青蛙只有依靠行动,跳到井外的世界,才能增长自己的见识。这个寓言故事的教育寓意是应该向中小学生强调知识,尤其是科学知识的重要性,强调知识就是认识世界的一把钥匙,并强调行动或实践活动的重要性。这就要求中小学生一定要好好学习科学文化知识,只有这样才能更好地认识世界和解释世界。

❀ 参考文献 ·

[1] 教育部.义务教育教科书　语文(二年级上册)[M].北京:人民教育出版社,2017:
58-59.

[2] 方勇.庄子[M].北京:中华书局,2015:274.

[3] 刘敬余.中国古今寓言[M].北京:北京教育出版社,2020:102.

[4] 林英.自制"坐井观天:光的折射现象"创新教具[J].湖南中学物理,2021,36(05):
69-71+98.

[5] 夏唯宜."坐井观天"的物理现象解析:光的传播[J].散文百家(新语文活页),2018

（09）：157.

［6］任良宇.探讨"坐井观天"的物理现象：光的传播分析[J].高考，2018(23)：123.

［7］杜洁芳."坐井观天要不得"[N].中国文化报，2015－12－04(008).

坐井观天：强调经验主义的局限性

揠苗助长：缺乏科学的理性精神

 **内容提要**

　　"揠苗"是外因，这个外因要通过内因的助力才起作用，而且决定事物发展的不是外因，而是内因；"揠苗助长"不是对症下药，因此这个故事也说明了方法的重要性。从这个寓言故事中可知，我们必须强调理论知识的重要性，"揠苗助长"从本质上讲是一种无知的表现。

一、寓言故事与传统寓意

　　"揠苗助长"的故事原文如下：

　　曰："……宋人有闵其苗之不长而揠之者，芒芒然归，谓其人曰：'今日病矣，予助苗长矣。'其子趋而往视之，苗则槁矣。天下之不助苗长者寡矣。以为无益而舍之者，不耘苗者也。助之长者，揠苗者也，非徒无益，而又害之。"[1]

"揠苗助长"讲的是宋国老农把禾苗一棵一棵地拔高,自己累得筋疲力尽,禾苗也都枯死了的故事。这个寓言故事的传统寓意是:急于求成,违背事物发展的客观规律,结果往往是事与愿违的。但笔者认为这个解释过于笼统,我们需要进一步地分析更为具体的寓意。

二、理性精神的重要性

老农所犯的错误不是经验主义的错误。农民一般都会依靠经验来种植农作物并遵循农作物的发展规律,但是这个老农连最基本的经验常识都没有,从这个意义上讲,这个老农是一个不合格的农民。在"揠苗助长"的故事中我们看不到经验主义的影子。老农犯的错误是异想天开的错误,是别人想象不到的错误。虽然这种想象力是难能可贵的,但是想法未必代表可操作性,想法与可操作性之间还是有距离的。老农可以先进行小面积的实验,如先"揠"十棵禾苗,观察几天情况,如果禾苗的确长高长大了,再做大面积的推广;如果效果不好,就放弃这种想法。这才是一种理性的态度,谨慎的作风。从科学的角度来讲,这种从小面积的实验到大面积的普及、推广甚至产业化的做法是可取的。但是很可惜,这个老农从一开始就全面或大面积地"揠苗助长",这就缺乏理性精神。

"揠苗助长"的故事还说明了在事物的发展过程中,虽然外因起到一定的积极作用,但是内因才是事物发展的关键。外因通过内因而起作用,这就是在哲学上内因与外因的关系。这个老农颠倒了外因和内因的关系,认为禾苗的成长仅需要外因的帮助,这显然不正确。由此可以看出,这个老农缺乏质疑、反思和批判的理性精神。

三、启示

"揠苗助长"的故事虽然发生在过去,但是"揠苗助长"的现象如今却非常普遍——只不过以另一种形式出现而已。例如，一些健身人士为了快速增加肌肉量，会提高锻炼强度、增加锻炼时长，而这样做很可能使自己受伤，影响健康。另外，一些家长不顾孩子的实际情况，给孩子定的学习目标过高，或者期望孩子在短时间内提高学习成绩，急于求成，反而给孩子带来巨大的压力。我们需要不停地反思、质疑和批判自己，并不断地修改自己的目标，明白欲速则不达的道理，远离"揠苗助长"的轨迹。

✿ 参考文献

［1］方勇.孟子［M］.北京:中华书局,2015:49.

惊弓之鸟：强调透过现象看本质

 **内容提要**

惊弓之鸟强调观察与推理的重要性，以及由感性认识深入到理性认识的重要性。科学精神最初也是来源于观察和推理的。通过观察和推理的方式可以更好地理解事物的本质。

一、寓言故事与传统寓意

"惊弓之鸟"的故事原文如下：

加曰："异日者，更羸与魏王处京台之下，仰见飞鸟。更羸谓魏王曰：'臣为王引弓虚发而下鸟。'魏王曰：'然则射可至此乎？'更羸曰：'可。'有间，雁从东方来，更羸以虚发而下之。魏王曰：'然则射可至此乎？'更羸曰：'此孽也。'王曰：'先生何以知之？'对曰：'其飞徐而鸣悲。飞徐者，故疮痛也；鸣悲者,久失群也。故疮未息而惊心未忘也。闻弦音,引而高飞,故疮裂而陨也。'今临武君尝为秦孽,不可为拒秦之将也!"[1]

　　"惊弓之鸟"讲的是更羸虚拉弓弦就"射下"一只鸟的故事。[2]更羸陪同魏王在高台子下面,抬头看见远处有一只大雁。更羸对魏王说:"我不放箭虚拉弓弦,就能射下那只鸟来。"魏王说:"难道射箭的本领竟可以达到这样高的地步吗?"更羸说:"可以。"

　　过了一会儿,那只雁从东方飞过来了,更羸就拿起弓拉了一下空弦,那只雁就从半空中落了下来。魏王惊叹道:"射箭的本领竟可以达到这种地步吗?"更羸说:"这是一只受了伤的失群孤雁哪!"魏王问:"先生怎么知道的呢?"更羸回答说:"它飞得缓慢而叫得悲惨——飞得慢呢,是旧伤疼痛;叫得惨呢,是长久失群。心理的恐惧还没有消除,一听见弓弦响便急忙展翅高飞,这就引起伤口迸裂,所以它从高处掉落了下来。"

　　这个寓言故事完全是建立在心理学理论基础上的。它说明如果一个人曾经遭受过重大挫折的打击,以至于留下难以磨灭的阴影而心有余悸,那他在今后的生活中,如若再出现类似情景,就会因为恐惧而不堪一击或不战自溃。这就和"一朝被蛇咬,十年怕井绳"是一样的道理。这个寓言一方面告诉人们,那些曾经受到过某种伤害或者受过惊吓的人是很容易被战胜的;另一方面告诉人们,不要让那些受过失败创伤,而且还沉浸在恐惧阴影中的人,再去做那种曾经使他失败并使其产生心理创伤的工作或任务。当然,这只限于那些在心理创伤阴影中还没有走出来的人,而对于那些虽然曾经失败但意志坚强的人来说,采取"在哪里跌倒就在哪里爬起来"的做法有可能取得出人意料的成果。因此遭遇过失败的人要善于总结经验,汲取教训,发奋努力,否则只怕真的会成"惊弓之鸟"。人们往往站在"鸟"的视角阐释寓意,而没有站在更羸的视角分析问题,但更羸也有很多值得我们学习的地方。

二、透过现象看本质的重要性

寓言故事中更赢的分析句句在理，令人折服。首先，我们要分清现象与本质，现象是表面的事实和现状，是可以看得见的，而本质是看不到的，是抽象的。但是现象与本质是有关联的，现象是本质的表现形式，本质是现象的抽象概括。更赢通过自己的仔细观察、长期以来形成的丰富经验，以及想象和简单的推理，做出了正确的判断，并用没有箭的弓来验证自己的推理和判断的正确性。

三、启示

从"惊弓之鸟"的故事中可以看出，观察、想象、推理和判断是非常重要的，这些方法帮助我们透过现象看本质，让我们能够做出正确的选择。

❀ 参考文献 ·

［1］缪文远，缪伟，罗永莲.战国策［M］.北京:中华书局,2012:474.
［2］人民文学出版社编辑部.中国寓言故事精选［M］.北京:人民教育出版社,2018:32.

南辕北辙：理论知识是行动指南

 内容提要

　　"南辕北辙"的故事强调了指导思想的重要性。没有正确的指导思想，我们很难达到目的。指导思想往往需要理论知识的支撑，这也在一定程度上强调了理论知识的重要性。

一、寓言故事与传统寓意

"南辕北辙"的故事原文如下：

　　魏王欲攻邯郸，季梁闻之，中道而反，衣焦不申，头尘不浴，往见王曰："今者臣来，见人于大行，方北面而持其驾，告臣曰：'我欲之楚。'臣曰：'君之楚，将奚为北面？'曰：'吾马良。'臣曰：'马虽良，此非楚之路也。'曰：'吾用多。'臣曰：'用虽多，此非楚之路也。'曰：'吾御者善。'此数者愈善，而离楚愈远耳……"[1]

　　"南辕北辙"讲的是楚国在南边,一个人硬要往北边走的故事。他的马越好,车夫的本领越大,盘缠带得越多,走得越远,就越到不了楚国。

　　"南辕北辙"的故事通常指如果目标与行动是相反的,那么目标就是无法实现的。该故事强调为实现目标而采用正确的手段方法的重要性。针对同一件事情,如果采用不同的方法解决,产生的效果可能是不同的。该故事也强调了目标的重要性,一切行动都要围绕着目标进行下去,如果行动的结果背离了目标,其目标的实现性就大打折扣了。"南辕北辙"的故事中最本质的错误就是目标与手段或方法的不统一,手段没有围绕着目标展开,没有逐步地逼近目标,而是远离了目标。

二、理论知识的重要性

　　笔者认为这个寓言故事说明了没有科学的理论知识作为指导,行动就具有盲目性。理论知识是用来指导现实生活实践的,没有理论知识指导的行动是盲目的,是无法实现其目标的。在"南辕北辙"的故事中,虽然人物的目标是明确的,但是如果没有正确的理论知识作为指导,谁都很难实现目标。

三、启示

　　行动虽然很重要,但是要建立在"知"的前提下。"南辕北辙"的寓言故事让我们明白了理论知识对实践的指导意义,所以做事时不能盲目地行动,而要在科学的理论知识的指导下行动。

❀ 参考文献·

[1] 缪文远,缪伟,罗永莲.战国策[M].北京:中华书局,2012:791-792.

曲高和寡：要区分共性与差异性

 内容提要

　　"曲高和寡"反映了事物差异性的一方面，而"雅俗共赏"则反映了事物共性的一方面。共性与差异性在一定程度上是可以协调统一的。了解共性与差异性对我们认识事物的本质属性也是有一定帮助的。我们在分析事物、研究问题时要关注事物的共性和差异性的区别与联系。

一、寓言故事与传统寓意

　　"曲高和寡"的故事原文如下：

　　楚襄王问于宋玉曰："先生其有遗行邪？何士民众庶不誉之甚也？"宋玉对曰："唯，然，有之。愿大王宽其罪，使得毕其辞。客有歌于郢中者，其始曰《下里》《巴人》，国中属而和者数千人；其为《阳陵》《采薇》，国中属而和者数百人;其为《阳春》、《白雪》,国中属而和者,数十人而已也;引商刻角,杂以流徵,国中属而和者,不过数人。是其曲弥高者,其和弥寡……"[1]

"曲高和寡"讲的是以前有位歌唱家来到楚国的郢都唱歌的故事。当他开始演唱通俗歌曲《下里》和《巴人》时,国都中跟着他唱的有好几千人;接着他唱起了《阳陵》和《采薇》,跟着唱的还有几百人;随后他又唱起了高雅的《阳春》《白雪》,跟着唱的就只剩几十人了;等他唱起高亢婉转、音调多变的乐曲时,能够跟着唱的就只有几个人了。曲调越是高雅深奥,能跟随和唱的人就越少。

传统观点认为,这个寓言故事原先比喻知音难得,后多比喻言论或文章不通俗,能理解的人很少,含有讽刺意味。当然,这个故事有时也指某人心气过于高傲,从而少与普通人接触。该故事警示人们应当控制好理想与现实之间的平衡,仰望星空并且脚踏实地。笔者认为,不管是"曲高和寡",还是"雅俗共赏",都是正常的现象,有人喜欢这样,有人喜欢那样,没有必要刻意去贬低别人。生活中,也应该尊重别人的喜好,你尊重别人,别人才会尊重你。

二、曲高和寡主要体现了差异性

以上寓意笔者是赞同的,但是其过分地强调具体而缺乏抽象阐释。从抽象角度来说,"曲高和寡"反映的是共性和差异性的问题。共性是大家都有的性质,但是差异性并不是大家都有的性质。"下里巴人"追求的是共性,而不是差异性;"阳春白雪"追求的是个性或差异性,而不是共性。在这个故事中,"曲高"是差异性,"和寡"说明了差异性太大,因此其他人很难理解或听明白。一个人要想被大家理解,当然需要扩大共性,减少差异性;反之,就要减少共性,扩大差异性。"曲高和寡"的原因可以用共性和差异性来解释。共性大,人们容易理解,这就是"雅俗共赏"或"下里巴人";共性太小,差异性太大,人们就不容易理解,这就是"曲高和寡"或"阳春白雪"。

三、启示

我们追求的境界未必是"阳春白雪",也未必是"下里巴人",最好是"雅俗共赏"。"雅俗共赏"需要博得所有人的欢心,当然是有难度的。事实上,在这个故事中,任何一个曲子或音乐都不可能仅仅是"阳春白雪",也不可能仅仅是"下里巴人",而是共性与差异性共存的,只不过是共性占多少、差异性占多少的问题。这就需要对"阳春白雪"或"下里巴人"进行量化或数学化,虽然这样做有难度,但是量化共性或差异性是很有必要的,这就是所谓的科学量化定位的思想。

❀ 参考文献 ·

[1] 驰年. 新序[M]. 北京:中华书局,2014:37.

寓言故事寓意阐释

关尹子教射：量变质变与必然偶然

 内容提要

　　职业教育技术学习一般而言强调练习达到一定的量就会引起由量变向质变的转化。在量的积累阶段，对操作技术的掌握还具有偶然性；但是当练习的量多到引起质的飞跃的时候，对操作技术的掌握就具有必然性了。职业教育技术的学习是需要熟能生巧的。

一、寓言故事与传统寓意

"关尹子教射"的故事原文如下：

　　列子学射中矣，请于关尹子。尹子曰："子知子之所以中者乎？"对曰："弗知也。"关尹子曰："未可。"退而习之。三年，又以报关尹子。尹子曰："子知子之所以中乎？"列子曰："知之矣。"关尹子曰："可矣，守而勿失也。非独射也,为国与身亦皆如之。故圣人不察存亡而察其所以然。"[1]

"关尹子教射"讲的是列子跟关尹子学习射箭的故事。有一次,列子射中了靶心,但他并不知道自己射中靶心的原因。又练习了三年,这次他知道自己射中靶心的原因了,在关尹子看来,这才算是学会了射箭。

这个寓言故事的传统寓意告诉人们,学习也好,做事也好,我们不仅要知其然,而且要知其所以然。知其所以然,才算掌握了规律,只有这样精益求精地学习、工作,才能把事情办好。这样的学习才是最有效的。笔者虽然承认以上寓意的合理性,但是仍然要另辟蹊径——从职业教育的角度来阐释这个寓言故事的寓意。

二、量变与质变、必然性与偶然性

在西周时期,"射"是"六艺"(礼、乐、射、御、书、数)之一,射箭在当时也是一个专门的职业。因为在那个时期,不仅国家之间或国家内部的战争需要弓箭这个工具,而且狩猎也需要弓箭。当时生态环境相当好,天上的飞禽相当多,射箭就成了不可缺少的获取猎物或防身的重要方式之一。总之,射箭是当时很重要的一种职业或技艺。从哲学的角度来讲,射箭这个操作技术与哲学上的必然性与偶然性以及量变与质变有着密切的联系。进一步来讲,笔者认为几乎任何操作性的职业技术知识的学习过程都是一个由偶然性逐渐地走向必然性的过程,也是一个由量变逐渐地积累到质变或达到质的飞跃的过程。列子说自己已经可以射中靶心了,但是这种射中仅仅出现一次,他就觉得自己差不多掌握射箭技能了。其实列子的射中基本上可以分为两类:一类是随机性的射中,也就是偶然性的射中,列子在这种情况下还没有真正掌握射箭技能;另一类是肯定性或必然性的射中,是有把握的射中,列子在这种情况下掌握了射箭的技能规律。从列子与关尹子的问答中可以看出,列子第一次射中靶心具有偶然性,而且当关尹子问列子为什么射中或射中的原理是什么时,列子回答不出来了,因为随机性的东西是说不清原因的或者说是很难表达的,这就说明列子并没有真正地掌握射箭的技能。但是三年之后关尹子再问列子原因时,列子终于明白自己为什么射中靶心了。经过一次次的练习,列子其实已经把射中靶心的偶然性转化为必然性了,他在自己射箭实践经验的基础上,归纳总结出了射中靶心的规律或道理。列子学射的过程就是由射中靶心的随机性或偶然性向射中靶心的确定性或必然性转变的过程,在这个过程中,量变和质变起到了一定的潜移默化的作用。列子练习射箭的次数增多到一定程度就引起了质变,这个质变就是射中靶心的情况由随机性或偶然性逐渐地走向确定性或必然性。笔者认为几乎所有技术性知识的学习或教育都必须经过这样一个由偶然性走向必然性的过程,或由量变到质变的过程。只有在这个过程中,学习者才能理解和掌握技术性知识。

三、职业技术的学习就需要以学生为中心

从"学以致用"的角度来说,以"学生为中心"的思想是很值得提倡的,例如"师傅领进门,修行在个人"就是秉承了以"学生为中心"的教学思想。射箭是一个技术活,学开汽车或修理汽车也是技术活,技术活就要求必须发挥学生学习的主观能动性。动手操作的技术性知识的学习必须是以学生动手操作为中心的,因为老师是无法替代学生进行操作的。[2]这就像学生学习游泳一样,如果以"老师为中心",不让学生下水,学生永远学不会游泳。操作技能必须由学生自己练习,否则学习的效果和效率要大打折扣。射箭就像游泳一样,学习者只有亲身体会才能掌握这个技术活的要领。这就像南宋诗人陆游所强调的:"纸上得来终觉浅,绝知此事要躬行。"学习者只有亲自去操作,才能深刻体验或感悟这种职业技术,才能在实践操作的基础上总结归纳出宝贵的经验教训和"射箭射中靶心"的本质规律。在这种情况下,教师的职责就是指导学生学习。另外,这个寓言故事也强调了学习过程的重要性,对于操作性技术来说,只要操作动作的过程是正确的,其结果基本上就是正确的。总之,以手工操作为代表的职业教育必须秉承以"学生为中心"的教育教学理念,只有这样,学生才能更好更快地掌握带有一定操作性的专业技能知识。

四、启示

在以手工操作为主的职业教育中,掌握操作性技能知识的过程基本上都是从偶然性逐渐走向必然性的过程,也是从量变逐渐走向质变的过程。同样,在职业教育中也应该秉承以"学生为中心"的教育教学理念。事实上,关尹子教列子射箭的寓言故事也有一点自主探究式学习或发现式学习的教育思想。关尹子抛出问题,列子带着问题去学习并逐渐找到老师问题的答案,这也是值得肯定和借鉴的。

❀ 参考文献·

［1］叶蓓卿.列子[M].北京:中华书局,2015:209.

［2］刘关军.为师当如关尹子[J].福建论坛(社科教育版).2008,(11):93-94.

寓言故事寓意阐释

掩耳盗铃：理性精神与科学知识

 内容提要

"掩耳盗铃"是一个哲学上的认识论问题，这个寓言故事说明理性精神和科学知识才是最重要的。

一、寓言故事与传统寓意

"掩耳盗铃"的故事原文如下：

> 范氏之亡也，百姓有得钟者，欲负而走，则钟大不可负。以椎毁之，钟况然有音。恐人闻之而夺己也，遽掩其耳。[1]

"掩耳盗铃"讲的是盗铃者自欺欺人的故事。盗铃者想要背着钟跑，可是钟太大了，没法背，于是就用木槌把钟敲碎，钟轰然作响。他怕别人听见钟声来同自己争夺，就急忙把耳朵捂了起来。

故事原文虽然没有明说这个盗钟者被发现，但是实际上他肯定被人们发现了。"掩耳盗铃"比喻自己欺骗自己，明明掩盖不了的事偏要设法掩盖。这个寓言的传统寓意是：客观存在的东西不会依人的主观意志而改变，就如钟的响声一样，只要人碰了它，不管人是否捂住自己的耳朵，它都是要发出声音的。现实中，有很多人对客观存在的现实不正视、不研究，采取闭目塞听的态度，以为如此，问题就不存在了，这样做的结果只能是自食苦果。盗铃者认为自己捂上耳朵之后别人就听不到砸钟声了，好像自己用手捂的不仅是他自己的耳朵，还是全天下人的耳朵一样。如今各行各业都强调不能"掩耳盗铃"，这说明我们现实生活中是存在"掩耳盗铃"现象的，懂得如何避免"掩耳盗铃"事件的发生也是很重要的。下面笔者从几个主要的方面来分析这个寓言故事的寓意。

二、理性精神的重要性

实践证明，盗铃者的思想是错的，而且错得一塌糊涂。捂住自己的耳朵别人照样听得见是司空见惯的经验，这个盗铃者连最基本的经验或常识都没有，更不用说高深的知识了，他又如何能偷盗呢？掩耳盗铃者更缺乏理性精神，如果他保持冷静，用理性精神分析情况，可能就不会做出荒唐之举了。

三、科学知识的重要性

"掩耳盗铃"也是一个认识论问题，认识论是哲学的核心内容之一。认识论的一个首要问题是我们如何认识事物。在西方近代哲学史上，经验论和唯理论两大哲学流派就知识的来源、真理的标准等问题展开了旷日持久的论争，最后康德调和了两大学派的理论观点，他认为知识是由两个必备要素构成的：一是由感觉经验提供的后天的质料；二是由认识主体提供的先天的形式。[2]当然认识论后来也得到了深入的发展。从认识论的角度来讲，这个盗铃者几乎不懂自然科学知识。声音是向四面八方传播的,在有障碍物的情况下是可以绕过障碍物的。

这个偷铃铛的人认为捂上自己的耳朵之后谁都听不到砸铃声了,这是不是体现了经验主义哲学的认识论呢? 不是的! 因为这个盗铃者之前不可能有这样不真实的经验——捂住自己的耳朵而导致别人听不见声音,而经验主义者是要将自己的生活经验教训用在场景中的。经验论强调感觉经验是知识的唯一来源,但盗铃者没有经验主义哲学的认识论思想,也没有经验,也就没有科学知识。

四、启示

如何避免"掩耳盗铃"现象的发生? 首先要对自我有一个清楚的认识,秉承理性精神,正确地认识自己,加强自己道德品质的修养,养成具有反思、质疑和批判精神的人。其次,科学知识是很有价值的,如在这个故事中,如果盗铃者懂得声的传播知识,可能就不会用"掩耳"来自欺欺人了。

❀ 参考文献

[1] 陆玖.吕氏春秋[M].北京:中华书局,2011:896.
[2] 殷筱."哥白尼式的革命":康德对经验论和唯理论之争的调和[J].华南师范大学学报(社会科学版),2011(01):76-79+159.

楚人过河：事物一直在发展演变

内容提要

> 河水是变化无常的,河水的变化涉及随机事件的相关内容,用常量数学的知识来解决变量数学的问题,显然是不可能的。"楚人过河"的故事就真实地反映了这种情况。

一、寓言故事与传统寓意

"楚人过河"又称"荆人涉澭"或"循表夜涉",其故事原文如下:

　　荆人欲袭宋,使人先表澭水。澭水暴益,荆人弗知,循表而夜涉,溺死者千有余人,军惊而坏都舍。向其先表之时可导也,今水已变而益多矣,荆人尚犹循表而导之,此其所以败也。今世之主法先王之法也,有似于此。其时已与先王之法亏矣,而曰此先王之法也,而法之,以此为治,岂不悲哉![1]

该故事讲的是楚国人偷袭宋国失败的故事。楚国人派人事先测量滩水的深浅并设立标志,滩水突然上涨,楚国人不知道,依然按之前的标志在黑夜渡河,结果淹死一千多人。原先做好标志的时候是可以渡水过河的,如今河水暴涨,水已越涨越高了,楚国人还是按照原来的标志过河,当然会失败。

　　这个寓言故事的传统寓意是:河水时涨时落,不断变化,世界上的一切事物都是在运动变化之中的,人们的思想也应该相应地发生变化。如果老是停留在一点上,不知变通,那就很容易吃亏。学者多将"楚人过河"当作反面教材来强调,可见各行各业都是有"楚人过河"的现象发生的,而且都在杜绝类似的事故发生。[2-3]笔者认同这个寓意,以下将从哲学、变量数学的思想和随机现象的视角对这个寓言故事进行解析。

二、哲学视角的寓意阐释

　　事物是发展的、变化的、运动的和普遍联系的,但是"楚人过河"中的人物却没有秉承这样一个哲学观念,在认识上也没有达到古希腊哲学家赫拉克利特所强调的辩证法思想的高度。"人不可能两次踏入同一条河流"是赫拉克利特的一句名言,说明万物皆流,无物常在。所以说楚国人虽然对河流的深度进行了测量,但是测量时的河水深度和渡河时的河水深度是不一样的,而且按照赫拉克利特的哲学观点,这其实是两条不同的河流。虽然两条河的名字可能是一样的,但是两条河在深度、宽度等方面的性质是不一样的,要不然楚国人渡河损失不会这么大! 因为一切皆变,万物皆流,在这样一个世事迁流不止的世界里,今日的我与昨日的我都是不一样的,楚国人又怎么能按照测量时的河水深度来渡河呢? 从赫拉克利特的哲学角度来讲,楚国人渡河的哲学思想是有问题的。寓言故事中仅仅提到河流的深度,而没有提及河流的宽度和长度,从事物的普遍联系性的角度来讲,河水的长宽高是相互影响的,也是有着密切联系的。河流的深度增加的时候,它的宽度、长度都会发生变化,在这种情况下,渡河的难度就大大增加了。

三、变量数学与常量数学的区别

从数学的角度来讲,楚国人所犯的错误是把变化的或运动的变量数学当作永恒不变的常量数学来看待,这观点当然是不正确的,也无法为渡河提供安全保障。常量数学是确定的,是可以测量的,但是变量数学就是变化的,甚至就是无法测量的。一个量随着另一个量的改变而改变,是不容易测量的,对古代人来说更是如此。楚国人测量的时候不应该只测量一次,而应该多测量几次,然后选取一个最深的值作为测量值,甚至可以预估一个比测量的最深值还要大的数字。例如,在一天之中最少要测量三次,还要向当地人们或气象专家询问河水什么时候水位最高等问题。在多次测量和询问的情况下才可能对河水的涨幅起落有一个比较理性的认识。从这个寓言故事中我们能够体会到正确测量的重要性。我们也可以把河水的涨落起伏变化绘成图像。楚国人渡河前最好能把这个河的深度在一天或一年中变化的规律找到,然后汇成一张表,从表上可以看出在一天之中哪个时间段水位最低或者说比较低,在这个时间段渡河是最合理的。从表中也可以看出在作战时间内水位最低的是哪几天,然后再在这几天中选择水位最低的时间段来渡河,这样做也许更科学一些,伤亡人数可能减少到最低。

四、确定性现象与随机现象的区别

河水涨落起伏具有概率与统计学意义上的随机性或不确定性,更为重要的是,河水并不是在一个封闭的系统中变化的,而是在一个开放的系统之中,受到自然环境和人为因素的影响。河水的深度也是随着外界条件的变化而变化的,是一个随机值或随机数。当地的雨水处于旺季的时候,河水的深度肯定是增加的,甚至河的宽度和长度也在增加。另外,河床不是光滑的平面,而是高低不平的洼地。在测量的时候不可能把整个河底的每一点都测量出来,最多是几个测量者从河的这边走到那边,将比较深的地方的数值作为其河水深度值,而且更为重要的是,测量值一般是一个确定性的值,或者说是一个区间的范围值。这个数值即使是很精确的,但也仅仅在一个时间点上或很短的时间段内有效,并不能代表三五天之后河水的深度值,更不能代表渡河时候的河水深度值。以上说明了河水的变化是一个随机性的概念,而不是一个确定性的概念,楚国人把河水的深度当作一个确定性的数值或范围值来看待显然是错误的。

五、启示

"楚人过河"寓言故事从根本上讲,也是一个认识论的问题。为了说明这个寓言故事的寓意,笔者从三个方面进行论证:第一,从哲学的视角来讲,任何事物都是发展的、变化的和运动的,河水的深度也是如此,楚国人测量时的水深与渡河时的水深相差很大也是很正常的;第二,从常量数学与变量数学不同的视角来讲,楚国人测量的河水的深度仅仅是一个常量或区间常量,但是河水的深度是随着时间变化的变量;第三,从概率和统计的视角来讲,河水的深度具有随机性,而不是楚国人测量出的一个确定的值或一个确定的区间值。这些也在一定程度上揭示了数学和哲学教育的重要性。

❀ 参考文献·

[1] 陆玖.吕氏春秋[M].北京:中华书局,2011:516.

[2] 唐国平.制度建设别楚人过河[J].大社会,2020(09):1.

[3] 邓晓芒,赵林.西方哲学史(修订版)[M].北京:高等教育出版社,2014:20.

刻舟求剑:经验知识与行动重要

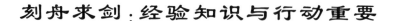

 **内容提要**

"刻舟求剑"强调经验的重要性和知识的重要性。此外,行动哲学也是很重要的,宝剑掉进水中之后,这个楚国人应该立即想办法解决,而不是拖延下去。

一、寓言故事与传统寓意

"刻舟求剑"的故事原文如下:

楚人有涉江者,其剑自舟中坠于水,遽契其舟,曰:"是吾剑之所从坠。"舟止,从其所契者入水求之。舟已行矣,而剑不行,求剑若此,不亦惑乎? 以故法为其国,与此同。时已徙矣,而法不徙,以此为治,岂不难哉?[1]

该故事讲的是楚国人渡江时宝剑掉到水里,他急忙在船边刻记号,想等船停之后,从刻记号的地方下水去找剑,结果自然找不到。

有学者从物理学的角度探讨这个楚国人的错误[2-4],有学者强调了"刻舟求剑"的反义词是"与时俱进"[5]。"刻舟求剑"的传统寓意是比喻拘泥成例,不知随着形势变化而变化。笔者认为"刻舟求剑"的寓言故事本质上是一个认识论的问题。

二、生活经验的重要性

一般而言,在哪里掉东西就在哪里捡,如在某处掉了一个钥匙,如果钥匙没被别人捡走的话,那丢钥匙的人大概率还会在原处捡回钥匙。故事中的楚国人不回到掉剑的地方捡剑,显然是错的。经验和常识告诉我们剑是金属,掉到水中是会下沉的,是不会随着船的运动而运动的,但这个楚国人就没有这种经验,如果有这样的宝贵经验的话,他就不会"刻舟求剑"了。这个寓言故事强调了经验实践的重要性。这个人的物理知识甚至常识都是比较匮乏的,可见他是缺少生活阅历的。另外,如果按照他的逻辑推理下去,在宝剑掉下去的地方刻记号是没有必要的,因为反正宝剑跟随在船的附近,到了岸之后,即使不刻记号他也能下水找到宝剑,而且船及周围的地方也不是太大,为什么还要多此一举呢? 当然他可能说这样可以精准定位。

三、知识的重要性

这个寓言故事除了强调经验主义的重要性之外,还强调了知识的重要性。这个丢宝剑的人如果学习过运动与静止的知识的话,也许就不会犯这样的错误。没有知识支配的行动是不科学的,是缺乏理性精神的,也是盲目的。我们要用知识武装自己的头脑,把自己的行动建立在知识的基础上。因此这个寓言故事的教育意义就是要求学生好好学习科学知识,强调了科学知识的重要性。

四、行动哲学的重要性

这个丢宝剑的人所犯的错误是太懒惰了，缺少立即下水捞剑的行动。从这个意义上讲，"刻舟求剑"的教育意义就很深远了。在现实生活中，有些事情是需要立即处理的或者说是需要当机立断的，但是人是有惰性的动物，经常找个借口说以后再做某件事，把事情往后推迟，以至于机会丧失。"机不可失，时不再来"，人生有很多的机会是转瞬即逝的，否则就没有"千载难逢"或"一失足成千古恨"这样的故事了。因此我们在人生的道路上一定要抓住各种机会。哲学家费希特是特别强调行动的，他把自己的哲学称为"行动哲学"，[6]笔者认为这是值得肯定的。当然，这里强调的行动是正确的行动，正确的行动也是要靠经验和知识来支撑的。

寓言故事寓意阐释

五、启示

对于"刻舟求剑"的寓意，笔者强调了三点：一是经验的重要性，二是知识的重要性，三是行动的重要性。当然知识和经验也是有交集的，当经验上升到理论的高度的时候就成了知识。只有有了足够多的经验和知识，我们才能更好地解决现实生活中的问题，才能采取正确的行动。而且在现实生活中，我们要勇于抓住人生中来之不易的机会，对该办的事不能拖延。

❀ **参考文献** ·

[1] 陆玖. 吕氏春秋[M]. 北京：中华书局，2011：517-518.

[2] 郑之华. 以发展的眼光看问题："刻舟求剑"对物理学习的启示[J]. 教书育人，2011(19)：59.

[3] 刘迎光. 从"刻舟求剑"看机械运动参照物的选择[J]. 考试周刊，2009(28)：181-182.

［4］王恒,赵雅洁.刻舟求剑,选错了参照物[J].知识就是力量,2009(07):76－77.

［5］高深.刻舟求剑和与时俱进[J].廉政瞭望,2003(01):26.

［6］邓晓芒,赵林.西方哲学史(修订版)[M].北京:高等教育出版社,2014:235.

刻舟求剑：经验知识与行动重要

讳疾忌医：真理是客观与发展的

 内容提要

　　真理是客观的，也是发展的。蔡桓侯生病就是一个客观的现实，这就体现了真理的客观性；如果蔡桓侯任其病情发展的话，小疾也会变成致命的大疾，这就体现了真理的发展性。

一、寓言故事与传统寓意

"讳疾忌医"的故事原文如下：

　　扁鹊见蔡桓公，立有间。扁鹊曰："君有疾在腠理，不治将恐深。"桓侯曰："寡人无。"扁鹊出。桓侯曰："医之好治不病以为功。"居十日，扁鹊复见曰："君之病在肌肤，不治将益深。"桓侯不应。扁鹊出。桓侯又不悦。居十日，扁鹊复见曰："君之病在肠胃，不治将益深。"桓侯又不应。扁鹊出。桓侯又不悦。居十日，扁鹊望桓侯而还走，桓侯故使人问之。扁鹊曰："病在腠理，汤熨之所及也；在肌肤，针石之所及也；在肠胃，火齐之所及也；在骨髓，司命之所属，无奈何也。今在骨髓，臣是以无请也。"居五日，桓侯体痛，使人索扁鹊，已逃秦矣。桓侯遂死。[1]

该故事讲的是名医扁鹊多次拜见蔡桓侯，分别发现蔡桓侯病在腠理、病在肌肤、病在肠胃，想要给蔡桓侯医治，但蔡桓侯每次都不答应，最后蔡桓侯因病入骨髓无法医治而死。

"讳疾忌医"比喻掩饰自己的缺点错误，不愿改正。笔者认为还可以从真理的客观性和发展性视角对这个寓言故事的寓意进行阐释。

二、真理视角的寓意阐释

首先，"讳疾忌医"的故事说明了真理是客观的，而不是主观的。一个人有没有病并不是自己说了算的，而是要靠专业医生的判断。自己虽然在一定程度上可以认识自己，但是这种对自己的认识仍然是有局限性的，就像"不识庐山真面目，只缘身在此山中"一样。故事中的蔡桓侯可能不认为自己生病了，也可能知道自己生病了，但怕别人知道这件事，所以不想医治。但不管蔡桓侯怎么认为，他生病这件事是客观事实，不以他的主观意志为转移。

其次，这个寓言故事也说明了真理的发展性。蔡桓侯的病不是固定不变的，会随着时间的变化而变化。所以说对于很多疾病来讲要尽早医治，甚至是提前预防。在医学或安全方面，人们经常强调预防的重要性，这是有一定道理的，早看医生把疾病扼杀在摇篮中是最好的。蔡桓侯病情的恶化说明了真理的发展性。

最后，还有一点需要强调的是疾病面前人人平等，一个人不能因为自己是达官贵族就逍遥"病"外。但蔡桓侯并没有认识到这一点，最终不得不因病而死。蔡桓侯没有专业化的精神，对于有没有病这件事，医生最有发言权。用我们现在的话说就是专业的事需要交给专业的人来做。这个寓言也说明了健康安全的重要性,在生命安全方面,一定要早预防,早治理。

三、启示

不管是疾病,还是错误,如果我们任其发展的话,后果可能都是不敢想象的。所以,我们应该及时"对症下药",不能忽视事物真理的客观性和发展性。

❀ 参考文献 ·

[1] 高华平,王齐洲,张三夕. 韩非子[M]. 北京:中华书局,2015:229.

寓言故事寓意阐释

狗猛酒酸：强调事物的普遍联系性

 **内容提要**

> 看似风马牛不相及的两个事物可能是有联系的。凶恶的狗吓跑了买酒的客人，酒就卖不出了，于是就变酸了。这就告诉我们要留心观察看似无关的事物，说不定两者也是有着密切联系的。

一、寓言故事与传统寓意

"狗猛酒酸"的故事原文如下：

　　宋人有酤酒者，升概甚平，遇客甚谨，为酒甚美，县帜甚高著，然不售，酒酸。怪其故，问其所知。问长者杨倩，倩曰："汝狗猛耶？"曰："狗猛则酒何故而不售？"曰："人畏焉。或令孺子怀钱挈壶罋而往酤，而狗迓而龁之，此酒所以酸而不售也。"夫国亦有狗，有道之士怀其术而欲以明万乘之主，大臣为猛狗迎而龁人，此人主之所以蔽胁，而有道之士所以不用也。[1]

"狗猛酒酸"讲的是一个宋人因养了一条狗而卖不出酒的故事。宋国这个卖酒的人，每次卖酒都不缺斤少两，对客人殷勤周到，酿的酒又香又醇，店外酒旗也迎风招展。但其养的狗太凶猛，买酒的人都不敢前来了，酒卖不出去，时间一长，自然就变酸了。

在这个故事中，恶犬、猛狗比喻那些伤害忠臣、阻挡忠谏的佞臣、权奸，正是这些邪恶小人蒙蔽、挟持了君主，君主才听不见治国的良策，亲近不了献忠言的贤臣。"狗猛酒酸"说明要想把酒卖出去，就要赶走猛狗；要想使国家昌盛，就要广纳贤才；要想广纳贤才，就必须赶走"猛狗"一样的恶人。

二、普遍联系性视角的寓意阐释

笔者认为这个寓言故事的寓意上升到哲学的高度就是事物是普遍联系的。联系是指事物内部各要素之间和事物之间相互影响、相互制约和相互作用的关系。联系的普遍性是联系的特点之一，有三层含义：第一，任何事物内部的不同部分和要素都是相互联系的；第二，世界上的任何事物和过程都不能孤立地存在，都同其他事物处于一定的联系中；第三，整个世界是一个相互联系的统一整体。[2]按照此观点，酒和狗是卖酒这件事内部互相关联的要素，酒好但是狗很凶恶会影响酒的销售量。

三、启示

其实"酒香也怕巷子深"这句话也同样反映了事物普遍联系的观点，巷子的深度或与消费者的距离会影响酒的销量。同样，狗的凶恶与酒酸也是有着密切联系的。这个故事告诉我们看待事物、分析问题要采用普遍联系的观点，而不应该采用孤立、静止、片面的观点。

❀ 参考文献·

［1］高华平,王齐洲,张三夕.韩非子[M].北京:中华书局,2015:486.

［2］崔建霞.《马克思主义基本原理概论》理论问题聚焦[M].北京:北京理工大学出版
社,2009:31.

143

狗猛酒酸：强调事物的普遍联系性

棘刺母猴：人的认识是有限的

 内容提要

　　人的认识是有限的，一双手的能力也是有限的。对于极具挑战性的工作，我们要多角度分析其可行性。

一、寓言故事与传统寓意

"棘刺母猴"的故事原文如下：

　　一曰：燕王好微巧。卫人曰："能以棘刺之端为母猴。"燕王说之，养之以五乘之奉，王曰："吾试观客为棘刺之母猴。"客曰："人主欲观之，必半岁不入宫，不饮酒食肉。雨霁日出，视之晏阴之间，而棘刺之母猴乃可见也。"燕王因养卫人，不能观其母猴。郑有台下之冶者谓燕王曰："臣，削者也。诸微物必以削削之，而所削必大于削。今棘刺之端不容削锋，难以治棘刺之端。王试观客之削，能与不能可知也。"王曰："善。"谓卫人曰："客为棘刺之母猴也，何以理之？"曰："以削。"王曰："吾欲观见之。"客曰："臣请之舍取之。"因逃。[1]

"棘刺母猴"讲的是燕王被骗的故事。燕王喜欢小巧玲珑的东西。有个卫国人来应征，自称能在棘刺的尖端上雕刻出活灵活现的猴子。燕王听说他有这样超群的技艺，高兴极了，立刻用极其丰厚的待遇来供养他。过了几天，燕王想看看这位巧匠雕刻的艺术珍品。那个卫国人却提出了两个条件，要求燕王半年不进宫，而且不饮酒吃肉。然后在一个雨过天晴的日子，在半明半暗的光线中，燕王才能看到在棘刺尖上雕刻的猴子。燕王一听这些条件，没法照办，只能继续用锦衣玉食把这个卫国人供养起来，却始终没有机会欣赏到他刻制的珍品。宫内有个铁匠听到了这件事，不禁提醒燕王检查一下那位工匠的刻刀，这样就可以知道他说的话是真是假了。于是燕王要看这个卫国人的刻刀，卫国人一听就慌了神，借口说到住处去取刻刀，实际上溜出宫门逃跑了。

该寓言故事的传统寓意是：在棘刺尖上雕猴子，这样的谎言就算被人信一时，也不会被人信一世，我们应该踏踏实实地做人，认认真真地做事。[2-4]也有学者强调我们要提高警惕以防上当。[5]这些寓意都是有着积极的教育意义的，但是都没有从科学或数学的角度论证"棘刺母猴"的寓意。虽然雕塑是一门艺术，但是艺术也是要符合一定的科学标准的。另外，眼睛和手也是有局限性的，眼睛是无法看到过分小的东西的，手指的灵活程度也是有限的。在涉及微观世界的时候，人类的认识也是有局限性的。因此下面从视力的有限性和量化的视角来阐释这个寓言故事的寓意。

二、视力的有限性分析

棘是一种像枣树那样多刺的树，母猴即猕猴。[1]我们知道棘刺都已经够小的了，那么棘刺尖就更小了，类似于针尖，这样小的空间真的能雕刻出猕猴吗？就算雕刻出来了，我们肉眼能看到形象逼真的猕猴吗？客观而言，我们的肉眼是不可能看到棘刺尖上猕猴的鼻子、眼睛、尾巴和四肢的,除非用放大镜。但我国已知最早的放大镜,出土于东汉广陵王刘荆墓,为水晶材质。[6]所以该故事发生的年代大概率是没有放大镜的。既然我们肉眼都看不到,也没有放大镜,那么这个卫国的所谓雕塑家如何雕刻猕猴呢? 在雕刻这么小的雕像时,人的眼睛是很重要的,因为马虎一点就可能产生极大的错误。显然从这一点就可以推测出那个卫国的雕塑家是一个骗子。这在一定程度上也说明了艺术家雕刻小塑像是有极限的,塑像不可能无限制地小下去,这个极限就是人的肉眼能够观察到的最小的东西——因为艺术家是依靠自己的眼睛从事艺术创作的,欣赏者也是依靠自己的眼睛进行艺术审美活动的。笔者从视力的有限性视角分析出这个卫国的所谓雕塑家可能是一个骗子。

三、量化视角的分析

如果想在棘刺尖上雕刻猕猴,我们首先就需要根据猴子的形状特征及各个部位所占的比例对棘刺尖的空间进行合理的规划,其中最重要的是量化思想。棘刺尖是一个近似圆锥体的物体,由于圆锥体是一个曲面,我们可以合理地将猕猴的眼睛、耳朵、鼻子、尾巴、四肢等各个部分所占空间的比例大小量化为数字,根据这些数字和棘刺尖的大小和形状选择适当的刻笔或刻刀。只有建立在数学科学的基础上,艺术家才可能雕刻出栩栩如生的猕猴。燕王如果先考察这个卫国人有没有量化的思想,或者先看一下他以往的作品是否足够优秀,就能判断出他有没有在棘刺尖上雕刻猕猴的能力,也就不会被骗了。

四、启示

从视力的有限性角度来看,在棘刺尖上雕刻猕猴是不可能的;从对棘刺尖进行量化的角度来看,量化思想也是检验艺术家水平和资质的重要方面。艺术虽然不是科学,但是艺术是含有科学成分的。艺术的内容和形式都要受到科学的约束,这充分体现了艺术的科学性。用科学的眼光和思维去看待事物,上当受骗的概率就会小很多。

❀ 参考文献·

[1] 高华平,王齐洲,张三夕.韩非子[M].北京:中华书局,2015:398.

[2] 刘敬余.中国古今寓言[M].北京:北京教育出版社,2020:55.

[3] 屈光耀.棘刺母猴 三点导读[J].语文教学与研究,2011(12):20.

[4] 王艳玲,李庆琦.《棘刺母猴》双解[J].语文世界,2006(03):28.

[5] 张明.棘刺母猴与政治骗子[J].民心,2017(10):56.

[6] 讲历史的王老师.古代人的日常生活:古代也有"996"工作制吗?[M].南京:江苏凤凰文艺出版社,2021:116.

棘刺母猴:人的认识是有限的

望梅止渴、画饼充饥：物质与精神

 内容提要

　　物质与精神实际上是密不可分的。"望梅止渴"和"画饼充饥"都充分地体现了物质与精神的和谐统一性。

一、寓言故事与传统寓意

"望梅止渴"的故事原文如下：

　　　　魏武行役，失汲道，三军皆渴，乃令曰："前有大梅林，饶子，甘酸可以解渴。"士卒闻之，口皆出水，乘此得及前源。[1]

　　"望梅止渴"讲的是曹操引领将士行军赶路的故事。曹操率军跋涉，找不到通往水源的道路，军中士卒都口渴难耐，于是曹操就说前面有大片梅林，果实很多，又甜又酸可以解渴。士卒们听了之后，都流出口水来，趁着这个机会到达前面有水的地方。

"画饼充饥"的故事原文如下：

> 时举中书郎，诏曰："得其人与否，在卢生耳。选举莫取有名，名如画地作饼，不可啖也。"[2]

"画饼充饥"讲的是选拔人才的道理。当时朝廷正在推举人担任中书郎，明帝让卢毓推荐，告诉他选拔人才不能只取有名气的人，名气就像在地上画的饼，是不能吃的。

以上两个寓言故事秉承的是一种浪漫主义的观念，甚至也有一丝乐观主义的情怀。这两个寓言故事很相似，只不过"画饼充饥"中饼与人的距离比较近，虽然那个饼是空的；而"望梅止渴"中梅子与人的距离比较远，人甚至都看不到梅子。这两个故事都比喻用空想或假象来安慰自己。

二、物质精神统一视角的寓意阐释

在"望梅止渴"的故事中，梅树可能在前面，将士们如果不向前走，甚至不抬头，就永远看不到梅树，更吃不到梅子。当然，前面可能根本没有梅子，说前方有梅子只是曹操的策略罢了。但梅子存在的概率还是有 50% 的。从这个意义上讲，这个故事体现的一半是现实主义，一半是浪漫主义。"画饼充饥"的境界可能更高，因为在这个故事中饼是不存在的，它体现的是人无中生有的创造性。如果说"望梅止渴"更强调物质的存在性，那"画饼充饥"更强调的便是精神的存在性，后者是一种浪漫主义的重要体现。

这两个故事都在一定程度上说明了希望的重要性或者说精神支柱的重要性。物质可以转化为希望或精神，这种精神或希望可能转为化为无穷的动力，延续着生命的存在。"画饼充饥"其实更是一种创新，是一种境界更高的管理手段。

最后还需要强调的是人不仅依靠物质存在，还依靠精神存在。物质与精神不是孤立的、静止的和片面的,两者之间有着密切的联系,在各自发展、变化和运动的过程中相互影响、相互制约。

三、启示

"望梅止渴"和"画饼充饥"沟通了物质与精神两大领域。马克思主义唯物辩证法的历史性贡献就在于其将物质和精神的关系统一起来,既突出物质的本原性位置、基础性功能与决定性作用,又承认精神对物质具有能动性和引领性的反作用。[3] 在多数情况下,人给自己一个精神寄托或者找到希望,前进的路就会容易很多。

❀ 参考文献 ·

[1] 朱碧莲,沈海波.世说新语[M].北京:中华书局,2011:852.

[2] 陈寿.三国志全本今译注[M].方北辰,译注.西安:陕西人民出版社,2011:1234.

[3] 郝永平,鲁秀伟.从物质与精神的关系审视中国现代化进程[J].科学社会主义,2021(04):119-124.

寓言故事寓意阐释

猴子捞月:现象与本质是有区别的

 **内容提要**

　　这是一个孩子们认为好玩的故事,但是其蕴含的真理也是极为深刻的。猴子没有分清事物的现象与本质,人类有时候也像猴子那样犯错误。

一、寓言故事与传统寓意

"猴子捞月"的故事情节如下:

　　一群猴子在森林里玩耍,它们有的在树上蹦蹦跳跳,有的在地上打打闹闹,十分快活。它们中的一只小猴子独自跑到林子旁边的一口井旁玩耍,它趴在井沿,往里一伸脖子,忽然大叫起来:"不得了啦,不得了啦! 月亮掉到井里去了!"原来,小猴子看到井里有个月亮。

　　小猴子的叫声惊动了猴群,老猴子急匆匆地带着一大群猴子朝井边跑来。它看了看井里的月亮,便对同伴们说:"月亮掉到井里了,我们赶快想个办法把月亮捞上来吧。"

可怎么才能捞出月亮呢? 那只老猴子一拍脑袋:"有办法了,我攀在树枝上,你们拽住我的尾巴,一个连一个,就可以捞出月亮了。"

于是,那群猴子便一个接一个,连成了一长串。最下面的小猴子刚碰到月亮,月亮就变成一块一块的了,小猴子着急地说:"月亮不见了!"

老猴子生气地说:"怎么会不见了呢?"它一气之下松开了手,猴子们纷纷掉了下来。

这时,一只小猴子抬头看了看,说:"月亮还在天上呢!"大家抬头一看,月亮真的还在天上。[1]

这个寓言故事的传统寓意是:不要仅凭不切实际的幻想做事,遇事要多动脑、认真思考,不要在虚幻的事情上投入过多,否则最后只会白费力气并且什么都得不到。这种解释也不能说是错误的,但是却遭到了杜国祥的反对。[2]笔者认为杜国祥的观点在很大程度上是对的,因为他的观点反映了哲学诠释学以读者为中心的思想,也就是说当作品被作家写完之后,在对作品的解释方面,作家与读者是平等的,这就是后现代主义哲学强调的解释多元性。[3]但是戴正兴对此进行了反驳,说必须按照原文的意思进行解释。[4]在笔者看来,以上对"猴子捞月"的解读仅仅停留在表面,不够深入,笔者将从哲学的现象与本质的视角进行阐释。

二、本质与现象视角的寓意阐释

井中的月亮仅仅是月亮的影子,是一个现象,而不是真实的月亮,也就是不是月亮的本质。从这个意义上讲,这群猴子混淆了事物的现象与本质,它们是分不清楚哪个是真、哪个是假的。我们认识事物就要认识事物的本质而不是现象。现象有多种,但是本质就只有一个。不仅井中有"月亮",一盆水中也可能有"月亮"。月亮的影子可以显示在千千万万的河流湖泊之中,但是真实的月亮只有一个。这个"猴子捞月"的故事告诉人们一定要分清事物的现象与本质。猴子为什么会产生月亮掉到井里的幻觉呢？可能一是因为它们对月亮的本质不太理解，二是因为它们欠缺物理知识或常识。一个物体距离我们越远，它看起来就越小，反之就越大。天上的月亮离我们或猴子是很远的，真实的月亮肯定比我们看到的月亮大得多。从这个意义上讲，月亮不可能掉到井里，井口太小是无法容纳下月亮的，所以井中的一定不是真实的月亮。这就告诉我们一定要好好学习科学文化知识，否则也会像猴子一样分不清楚事物的现象与本质，而且要学就要学到真功夫，学到真本事，不能一知半解或只了解事物的表层，一定要抓住事物的本质。事物的本质是需要实践活动去验证的，从这个意义上讲，猴子捞月的行为也是对的，因为它们秉承了"绝知此事要躬行"的精神。经过验证，最后猴子知道掉到井中的仅仅是月亮的一个影子而不是真实的月亮。这也说明我们应该秉承科学的实践观去探索事物的本质，而不是被事物的表面现象所迷惑而毫无行动。

在柏拉图的"理念论"看来，世界是二重的：一重是感觉世界，一重是理念世界。理念是真实完美的存在，是事物的本质，各式各样的现实事物有各自对应的理念，如具体的人、具体的桌子分别对应着理念人、理念桌子，具体事物是理念的不完满的摹本，或者说具体事物因"分有"理念而成为某类事物。[5] 从"理念论"的角度来看，理念世界的月亮是完美无缺的，是永恒存在的，感觉世界的月亮由于"分有"了理念世界的月亮而存在。但是井中的月亮相对于天上的月亮而言仅仅是影子，或者说，井中的月亮是天上的月亮的临摹，而天上的月亮又是理念世界的月亮的临摹，这样井中的月亮就成了现象的现象，是远离理念世界中月亮这个本质的。从这个意义上讲，表面上猴子追求或捞的是真实的天上的月亮，但其实它们追求的仅仅是月亮的一个影子或一个远离真理的不真实现象。柏拉图可能会认为井中的月亮的影子是不值得追求的，甚至天上真实的月亮也是没有理念世界中的月亮重要的，因为天上的月亮也远离月亮的本质。当然猴子也可能为自己的捞月行动辩护，说自己追求的不是真理，而是现象，因为现象好玩，而理念世界的真理太枯燥。但是我们是人，我们追求的境界要远远高于以猴子为代表的动物追求的境界。这也教导我们要追求的是真理或事物的本质，而不是事物呈现给人类的假象。

三、启示

本文秉承后现代哲学的思想理念,对"猴子捞月"的寓言故事给出了新的阐释,这种阐释的视角是古希腊哲学家柏拉图的"理念论"的视角。通过以上分析可以看出:猴子没有分清楚月亮的现象与本质,这就要求学生要好好学习科学文化知识,深刻地领悟知识的本质而不是知识呈现出来的表面现象。其实寓言故事中的猴子并不是一无是处的,它们也有很多值得我们人类学习的地方。例如探索精神,月亮掉没掉到井中是需要通过探索和行动才能知道的。学生也应该经常在"做中学"。而且猴子进行的是合理的分工合作。老猴子、大猴子与小猴子各司其职,这种分工协作发挥了集体精神的力量。作为猴子来说,这种合作意识和团队精神是了不起的,其合作式学习、探究式学习的方式是值得我们学习的。它们让我们看到了不仅人有"群"的观念,作为灵长类动物的猴子也具有"群"的观念。这也说明了我们不仅要看到猴子在捞月这一事件中的问题,也要看到猴子的优点。其实在"猴子捞月"中,我们更应该强调整个捞月的过程,结果相对这个过程而言是次要的。从正反两个方面分析"猴子捞月"的意义与价值,得出的结论就比较全面了。作为教师,要尽可能地让"猴子捞月"这个寓言故事发挥最大的教育价值,用多重视角分析"猴子捞月"的问题和意义。

❀ 参考文献 ·

[1] 刘敬余. 中国古今寓言[M]. 北京:北京教育出版社,2020:9-10.

[2] 杜国样. 由猴子"捞月亮"想到的[J]. 小学教学参考,1997(Z1):39.

[3] 潘德荣. 西方诠释学史[M]. 2版. 北京:北京大学出版社,2016:365.

[4] 戴正兴. 不宜这样作新解:兼谈怎样评价猴子"捞月亮"这件事[J]. 小学教学研究,1997(09):16+15.

[5] 许珍荣. 形而上学思维方式的理论特征:以柏拉图"理念论"为例[J]. 中学政治教学参考,2017(24):74-76.

患在鼠：分析问题要抓主要矛盾

 **内容提要**

　　我们经常讲在主要矛盾与次要矛盾之间，首先要解决的是主要矛盾，然后再解决次要矛盾，也就是说办事时要分清轻重缓急。"患在鼠"的故事就体现了这样一种解决问题的精神。

一、寓言故事与传统寓意

"患在鼠"的故事原文如下：

　　赵人患鼠，乞猫于中山。中山人予之。猫善捕鼠及鸡，月余，鼠尽，而其鸡亦尽。其子患之，告其父曰："盍去诸？"其父曰："是非若所知也。吾之患在鼠，不在乎无鸡。夫有鼠，则窃吾食，毁吾衣，穿吾垣墉，坏伤吾器用，吾将饥寒焉，不病于无鸡乎？ 无鸡者，弗食鸡则已耳，去饥寒犹远，若之何而去夫猫也！"[1]

"患在鼠"讲了赵国人用猫捉老鼠，最后自己养的鸡也被猫吃掉的故事。他儿子很发愁，对他说："何不把猫送走呢？"他说："我们的忧患在老鼠，而不在于没有鸡。有了老鼠，它们便偷吃我们的粮食，咬坏我们的衣服，打穿我们的墙壁，破坏我们的器物，那么，我们就要挨饿受冻了，这不比无鸡更有害吗？没有鸡，只不过不吃鸡罢了，离挨饿受冻还远呢。为什么要把那猫赶走呢？"

该故事的传统寓意是：若想解决问题，必须首先考虑自己的主要目标是什么，只要达到了这个目标，有一些其他方面的损失也是可以的。笔者将从主要矛盾和次要矛盾的视角进一步提炼这则寓言的寓意。

二、主要矛盾与次要矛盾视角的寓意阐释

首先，这个赵国人在处理主要矛盾和次要矛盾时强调了解决主要矛盾的重要性，这种做法是值得肯定的，总体上而言，有猫还是比没有猫强。其次，几乎任何一项措施或行动都是有两面性的，都不是完美无缺的。把猫引进来肯定不可能有万利而无一弊，鸡被猫吃就是代价成本。任何事物都是相对的，有舍就有得，这是很正常的。最后，这个寓言故事中的赵国人虽然解决了主要问题或主要矛盾，但是在很多情况下，次要矛盾也不应该被忽视，次要矛盾甚至有可能变为主要矛盾。虽然鸡被猫吃完了，但是这个赵国人也可以买鸡吃，或者建一个鸡笼再养一些鸡，以防范猫吃鸡的事故再发生，这样就把次要矛盾也解决了。

三、启示

"患在鼠"的核心寓意就是在现实生活中我们处理事情的时候要权衡利弊，抓主要矛盾，解决主要矛盾之后，我们可以再解决那个以前处于次要位置的矛盾。一个人在纷繁复杂的世界中，不能既想做成事又不想付出代价，因为"有舍

才有得"。我们要用理性精神评价事物,不可因小失大,力求将损失降到最低。

❀ 参考文献 ·

[1] 刘基.郁离子[M].北京:光明日报出版社,2014:80.

患在鼠:分析问题要抓主要矛盾

乌鸦喝水：爱智之学和人与自然

 内容提要

"乌鸦喝水"的故事反映了人与自然的关系，强调了人需要依靠知识或智慧获取财富或资源。

一、寓言故事与传统寓意

"乌鸦喝水"的故事情节如下：

> 冠乌口渴，来到一只水罐旁边，使劲推它，但水罐立得很稳，推不倒。冠乌想起了他惯用的手法，把石子投在水罐里，罐底石子增多，水面逐渐上升。这样，冠乌便喝到水，解了渴。[1]

"乌鸦喝水"的故事强调力气抵不过智慧，这种观点是对的。智慧来源于知识,知识就是力量,笔者将从爱智之学和人与自然的关系视角阐释这个寓言故事的寓意。

二、爱智之学视角的寓意阐释

在现实生活中,给乌鸦一个装着水的瓶子和若干个石子,口渴的乌鸦会把石子放入瓶中吗?答案是"不一定"。十万只乌鸦中有一只像该寓言故事中的乌鸦那样聪明就不错了,当然,这种判断是统计学意义上的。"乌鸦喝水"这个寓言故事在一定程度上反映了古希腊人的一种理性精神,一种爱智慧的哲学精神。"乌鸦喝水"强调知识的重要性,也强调了提出问题、分析问题和解决问题的重要性。乌鸦口渴了,想喝水,这样就顺理成章地提出了一个问题:瓶中的水太少,如何喝到瓶子里的水?接下来是分析问题。乌鸦知道瓶子中的水位上升它才能喝到水,那如何让瓶子里的水位上升呢?往瓶子中填塞东西可以使水位上升,那填塞什么东西呢?显然不能填塞海绵、干毛巾这类吸水的东西,更何况太大的物体也塞不到瓶子里去,那最合适的就是小石子了。到了解决问题这一步,乌鸦就地取材,把小石子塞进了瓶子里,水位升高,它最后就喝到了水。故事虽小,但是思想是很深刻的。在古希腊人看来,不仅人是理性的,作为动物的乌鸦也似乎有了理性的精神。

三、人与自然的关系视角的寓意阐释

相对来说,古希腊人强调的是个人主义或个人意识,这时候人们有更多的时间面对大自然,处理好人与自然的关系就是非常重要的事情。强调人与自然的关系,这就是"乌鸦喝水"这个故事产生的时代背景。要想处理好人与自然的关系,就需要具有"乌鸦喝水"般的智慧,这就是古希腊自然哲学的重要内容。该故事中的乌鸦就类似于人,小石子、瓶子及里面的水就相当于大自然。为了更好地生存与发展,如何从自然界中获取更多的有用资源可能是古希腊人需要面对的重大问题。人类要想从大自然中获取宝贵的生命资源，就需要依靠智慧和理性精神，这样才能比较合理地处理人与自然的关系。

四、启示

"乌鸦喝水"的故事反映了人与自然的一种真实关系，人为了更好地生存与发展就必须充分发挥自己的聪明才智。在遇到困难时，我们也要学习乌鸦用理性精神和智慧去应对，仔细观察、认真思考，主动想办法解决困难。

❀ 参考文献 ·

［1］伊索.伊索寓言精选［M］.罗念生等，译.北京：人民文学出版社，2018：152.

寓言故事寓意阐释

布里丹毛驴的选择：理性的误区

 **内容提要**

> 布里丹毛驴的选择过于理性化，而选择吃稻草本身就是一个现实生活问题，而不是理论问题。但是布里丹毛驴却把一个现实生活问题当成一个理论问题来对待，想最大化地发挥它的理性精神，却走向了以生命为代价的极端主义的泥潭。

一、寓言故事与传统寓意

"布里丹毛驴"的故事情节如下：

法国哲学家布里丹养了一头小毛驴，他每天向附近的农民买一捆草料来喂它。

有一天，送草的农民出于对哲学家的景仰，额外多送了一捆草料。这下子,毛驴站在两捆数量相等、质量相同,并且与它距离完全相等的干草之间为难坏了。它虽然享有充分的选择自由,但由于两捆干草价值相等,客观上无法分辨优劣,于是它左看看、右瞅瞅,始终无法分清究竟选择哪一捆好。

于是,这头可怜的毛驴就这样站在原地,一会儿考虑数量,一会儿考虑质量,犹犹豫豫,来来回回,在无所适从中活活地饿死了。[1]

普遍的观点认为,该寓言故事的核心思想是经济学领域中的"选择"问题。[2-3]那头毛驴最终之所以饿死,是因为它左右都不想放弃,不懂得如何选择和决策。人们把这种在决策过程中犹豫不定、迟疑不决的现象称为"布里丹毛驴效应"。俗话说:"鱼和熊掌不可兼得。"既想得到鱼,又想得到熊掌,结果往往是鱼和熊掌皆失。这种思维与行为方式,从表面上看是在追求完美,实际上是在贻误良机。在可能与不可能、可行与不可行、正确与谬误之间错误地选择后者是最大的不完美。如何选择与人生的成败得失关系极大,人们都希望得到最佳的结果,所以常常在做出选择之前反复权衡利弊,再三仔细斟酌,甚至犹豫不决、举棋不定。但是,在很多情况下,机会稍纵即逝,我们并没有太多的时间去反复思考,这就要求我们当机立断,迅速决策。笔者将从实践和理性的视角阐释该寓言故事的寓意。

二、实践对获取知识的重要性

"布里丹毛驴"的故事说明了实践是实践,理论是理论,不能用理论思考完全代替实践行动。知识的获取或对事物的认识不仅要依靠理论思维,而且需要依靠实践行动,知识或真理不仅仅是思维的,更是实践的。布里丹毛驴想分清这两捆稻草就不能仅仅观察表面现象,更要有"躬行"精神。如果知识或真理最终仅仅解释了世界,而没有改造世界,那么这种理论对世界的解释也是有限的,甚至是肤浅的和错误的。布里丹毛驴的选择在某种程度上也是一个认识论问题。毛驴仅仅依靠感官,也就是观察的方法,再加上思辨的想象,就认为这两捆稻草是一样的,所以做不出选择。正如俗话所说的"世界上没有两片完全相同的树叶"

一样,世上也没有两捆相同的稻草,因此布里丹毛驴需要做出选择。理论加想象不等于现实,要想真正地掌握事物的本质就必须秉承陆游的"纸上得来终觉浅,绝知此事要躬行"的精神去践行。这头驴子最好用嘴尝一下稻草,也许这样就能辨别两捆稻草,从而做出选择了。如果还是不能做出选择,那不妨继续尝下去,直到能做出选择为止,这其实也是一种选择。

三、过度的理性就是一种不理性

布里丹毛驴过于理性的分析,其实是有害的。虽然理论是来源于现实生活的,但是用抽象的理论去思考现实生活中的问题,甚至是两难的选择问题,是不明智的。布里丹用毛驴这个例子证明在两个相反而又完全平衡的推力下,随意行动是不可能的。其实现实生活中真实的毛驴比布里丹毛驴要聪明得多,他这个"实验"其实不能称为真正的实验,而仅仅是一种理论的思辨或者说是思想实验。现实生活中如果真有两捆稻草摆在驴面前,这头驴可能会选择吃自己最先看到的那一捆稻草,当然它也可能随机选择一捆稻草。其实现实生活中的毛驴选择吃哪捆草依靠的是情感和本能。这个布里丹毛驴的问题就是理性过了头。理性过了头就不是理性了,如果这头毛驴仅仅依靠情感和本能来选择吃哪捆草而不想那么多,可能就不会饿死了。

四、启示

寓言故事中毛驴犯的最大错误就是过度理性且没有行动。理论的推断需要建立在实践的基础上。布里丹是一个伟大的理论家,但是他把科学世界和生活世界混为一谈,用科学世界的理论来解释现实生活中的选择问题,显然是行不通的。在某种程度上讲,布里丹毛驴秉承了理论决定实践的观点,它对理论的来源也是缺乏认识的。当研究理论产生困惑的时候,我们就要用实践的精神或践行的力量去解决困惑。此外,理性不代表着极端和不知变通。思维不要被局限住,生活有无限的可能性。

❀ 参考文献 ·

［1］刘鹏.认知世界的心理学［M］.北京:北京日报出版社,2021:91.

［2］梁小民.布利丹毛驴的选择［J］.财经界,2007(09):122－125.

［3］梁小民.寓言中的经济学［M］.北京:北京大学出版社,2005:3－7.

寓言故事寓意阐释

盲人摸象：认识事物需要过程

 **内容提要**

在一定程度上，经济发展、社会考察等各种人类生活实践活动都需要在探索与实践的过程中摆脱主观性、盲目性、片面性，走向科学性。

一、寓言故事与传统寓意

"盲人摸象"的故事情节如下：

从前，有四位盲人非常想知道大象究竟是什么样子的，但他们却看不见它的样子，只好靠手摸。第一个盲人摸到了大象突出的象牙。他说："大象犹如巨大的萝卜根。"第二个盲人摸到了大象的耳朵，说："不对，大象分明是像一个大簸箕！"第三位盲人摸到了大象的腿，"大象分明是像根大柱子。"第四位盲人却说："唉，大象哪有那样大，它只不过是像一根草绳。"因为他摸到的是大象的尾巴。四个盲人为了大象究竟是什么样子而争论不休,而其实他们说得都不对。[1]

"盲人摸象"形容只凭片面的了解或局部的经验就对事物乱加猜测,比喻以偏概全,不能了解真相。笔者将从探索与实践的视角阐释这个寓言故事的寓意。

二、探索与实践视角的寓意阐释

大象究竟是什么样子的？盲人摸到的大象虽然与我们正常人看到的大象是不一样的,但是我们也不要嘲笑盲人,我们看到的大象仍然是有局限性的。例如,我们也没有办法从一个角度就看到大象的全貌,这就与盲人的局限性很类似。

故事中四个盲人仅仅是在初步认识大象,而且仅仅摸了一次。我们还需要进一步换视角来让他们认识大象,如果再让这些盲人重新摸几次,而且每次摸的大象部位是不同的,经过几次摸象之后,大家对大象的认识可能就比较全面了。非盲人也是这样的,从多个角度看过大象之后才能知道大象的全貌。人类认识事物不是一次性就可以完成的,这是一个实践、认识、再实践的探索过程。

三、启示

为了更好地认识大象,这些盲人应该多摸几次大象,这样他们对大象的认识可能就比较深刻了。我们不应该嘲笑盲人摸象,因为我们每个人的探索实践活动都跟盲人摸象是类似的,探索和实践是人类认识事物的必要环节,人们只有在探索和实践中才能不断地减少盲目性。

❀ 参考文献 ·

[1] 戴赋.中华成语典故[M].沈阳:万卷出版公司,2014:186.

寓言故事寓意阐释

对牛弹琴：强调共同语言重要

 **内容提要**

  "对牛弹琴"也是有积极寓意的。在人际交往过程中，寻找共同语言是一个重要的技巧，古琴演奏家公明仪不断调整自己的弹法，最终吸引了牛的注意，得到了较好的回应。这说明他寻找共同语言的方法起作用了。

一、寓言故事情节与传统寓意

"对牛弹琴"的故事原文如下：

  公明仪为牛弹清角之操，伏食如故，非牛不闻，不合其耳矣。转为蚊虻之声，孤犊之鸣，即掉尾奋耳，蹀躞而听。[1]

后来，"对牛弹琴"逐渐演变为以下情节：古琴演奏家公明仪对着一头老牛弹琴，他先是弹奏古雅的清角调的琴曲，老牛无动于衷，就像没听见一样，照旧低头吃草；后来，公明仪改变了弹法，用古琴模仿蚊虻嗡嗡的叫声，以及离群的小牛犊发出的悲鸣声，这下子老牛立刻摇摆着尾巴，竖起耳朵，来回踏着碎步，细心地倾听起来。[2]

"对牛弹琴"多被看作一个贬义词，比喻对不讲道理的人讲道理、对不懂得美的人讲风雅、对外行人说内行话等，也用来讥讽人讲话时不看对象，做事或分析问题没有针对性。因此，说话做事要对症下药，这样才能减少盲目性。

二、共同语言的重要性

笔者认为，从积极的角度来看，这个寓言故事其实讲了古琴演奏家公明仪为了寻求与牛的共同语言，或者说为了寻求两者的交集所做出的大胆的尝试。既然是尝试，那一开始寻找不到交集是很正常的，交集是在不断的尝试中产生的。一开始老牛听不懂公明仪的琴声，后来由于公明仪改变弹法，老牛的心被触动了，老牛开始配合了，这就是两者的交集，或者说这就是两者共同感兴趣的地方。

三、启示

其实人与人之间的交往也是这个道理。从初次见面到认识，从认识到深入了解对方，这是一个两个人不断磨合、不断试错的过程。在这个过程中，两者应该努力寻找交集，扩大共识，减少或降低差异性，增进理解，这样的话，两个人的关系才能更加紧密。

因此，在笔者看来，"对牛弹琴"在某种程度上不能算作一个贬义词，这个故事是凝聚共识、增进交流、建立良好关系的典范，也很符合我们人类认识事物的规律。

❀ 参考文献

［1］刘立夫,魏建中,胡勇.弘明集[M].北京:中华书局,2013:53.

［2］人民文学出版社编辑部.中国寓言故事精选[M].北京:人民教育出版社,2018:52.

对牛弹琴:强调共同语言重要

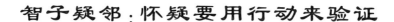

智子疑邻：怀疑要用行动来验证

 内容提要

　　"智子疑邻"与"疑邻窃斧"具有一定的相似性。一方面，我们在日常生活中需要合理怀疑的精神，合理怀疑是科学研究的第一步，哪怕最终证明这个怀疑是错的，我们也要把合理怀疑的科学精神践行到底；另一方面，我们要用行动来验证自己怀疑的真实性与合理性。

一、寓言故事与传统寓意

"智子疑邻"的故事原文如下：

　　宋有富人，天雨墙坏。其子曰："不筑，必将有盗。"其邻人之父亦云。暮而果大亡其财，其家甚智其子，而疑邻人之父。[1]

"智子疑邻"讲的是宋国有个富人家里丢了东西而怀疑邻居老人的故事。富人家里的墙因下大雨而坍塌,他儿子说:"如果不(赶紧)修筑它,一定有盗贼进来。"他们隔壁的老人也这么说。这天晚上富人家果然丢失了大量财物,这家人赞赏儿子聪明,却怀疑偷盗之事是隔壁那个老人干的。

这个寓言故事的传统寓意是:富人赞赏儿子而怀疑邻居老人的做法是不可取的,我们在听取别人的建议时要公正客观,不要过于看重提建议的人与自己的关系,对人不可有偏见。传统寓意的确充满了人人平等的思想观念,但笔者认为对这个寓言故事的寓意阐释应该上升到哲学或科学的高度。合理怀疑是科学研究的第一步,但也是需要用行动来验证的。

二、哲学视角的寓意阐释

(一) 智子疑邻的合理性

富人对邻居老人不是那么知根知底,他与邻居老人接触的时间、交往的深度等肯定没有与自己儿子在一块的时间长和感情深。富人不怀疑他的儿子,可能是因为富人了解自己的儿子,知道他不会做出这种事情。所以从西方近代哲学怀疑论的角度来看,富人怀疑跟偷盗这件事有一定关联性的邻居老人是有一定合理性的,因为这种怀疑是一种理性精神的体现。从信息传播学的角度来讲,恰巧在雨夜快速偷盗大量财物,这件事显然不是十里百里之外的人能轻易办到的。从制度经济学的角度来讲,距离越远,偷东西的交易成本越大,偷东西的可能性或概率就越低;反之距离越近,偷东西的交易成本越小,偷东西的可能性或概率就越大。从这个意义上讲,邻居偷东西的概率是很大的,邻居很容易得到一些必要的且有利于偷东西的信息,比如富人的墙倒塌了这个信息,所以从邻居老人开始怀疑是具有一定合理性的。

(二) 合理怀疑需要行动

如果富人仅仅停留在怀疑自己邻居的层面,那这种怀疑的力度是远远不够的,富人最好行动起来,给自己的怀疑增加合理性并验证自己的怀疑。从调查取证的方便程度上来讲,对自己的亲生儿子进行调查取证肯定是要比对邻居老人进行调查取证方便得多的。儿子是不是一天都没有离开家?离开家的话去了哪里?家里有没有来外人?因为儿子与父母住在一起,回答这些问题或者说判断儿子是不是"内贼"或"内线"相对来说是比较容易的。但是对邻居老人展开调查就很难了——信息不对称,富人也不了解邻人的活动行踪。当然还有一种情况就是邻居老人和富人儿子都不是盗贼,真正的盗贼另有其人。这个外来的盗贼可能恰巧雨天经过富人家,碰巧看到富人家的墙头倒塌了,所以这种偷盗的事件是不可控制的,因为其具有很强的随机性。总之,富人不仅应该怀疑,而且还要行动起来去调查研究,用行动来验证怀疑的对与错,这可能是最重要的。怀疑加上行动,这就为做出正确判断或者说得出正确结论奠定了良好的基础。

三、启示

"智子疑邻"这个寓言故事的传统寓意认为富人应该平等地看待他儿子和邻居老人的良言相劝,而且不应该怀疑邻居老人。但是笔者通过以上分析却认为"智子疑邻"是有一定道理的。从亲疏远近的关系角度来看,富人与儿子的关系当然比富人与邻居老人的关系近,富人也更了解自己的儿子,所以会怀疑邻居老人。从新制度经济学交易成本的角度来看,儿子和邻居老人是最有可能偷窃财物的。在儿子与邻居老人之间,富人与自己的儿子朝夕相处,对他比较了解,但是与邻居老人的交往次数少,因此对他不了解,这就从信息不对称的角度说明了邻居老人更可能是富人怀疑的对象。笔者认为合理怀疑就是一种理性精神的体现,"智子疑邻"的合理性也应该得到公众的认可。只有对事物都秉承一种合理怀疑的态度,我们才能更好地认识事物并做出正确的判断。当然,怀疑的合理性需要行动的支撑和检验。

笔者认为反思自我、批判自我的精神也是非常重要的。这个富人不仅没有听自己儿子的良言忠告,也没有听邻居老人的良言忠告,这才使自己的财产遭到损失,他应该认识到这是自己没有听劝的结果。因此他应该尽最大可能在把自己的财物追回来的同时,把倒塌的墙头尽快修好,以防自己的财物再次被盗。经验和知识的多寡与年龄在一些情况下也是无关的。比他年小的儿子和比他年长的邻居老人都能认识到不修墙可能引来盗贼并导致财产的损失,但是这个富人却没有这种生活阅历的体验,这也是他应该自我反思的内容。

❀ 参考文献·

[1] 高华平,王齐洲,张三夕.韩非子[M].北京:中华书局,2015:121.

智子疑邻:怀疑要用行动来验证

象虎:虎皮是现象不是虎的本质

 **内容提要**

　　虽然寓言中的这个人可以拿着老虎模型捕捉到狐狸、野猪等,但是一物降一物,老虎模型不是万能的。因此当遇见比老虎还要厉害的动物驳时,此人就难逃厄运。这个故事也说明要听人劝,不要一意孤行,更不要自以为是。此外,作为经验主义的归纳法也不是万能的,人们在认识事物和分析问题的时候,要严格地区分现象与本质。

一、寓言故事与传统寓意

"象虎"的故事原文如下:

　　齐愍王既取燕灭宋,遂伐赵侵魏,南恶楚,西绝秦交,示威诸侯,以求为帝。

平原君问于鲁仲连曰："齐其成乎？"鲁仲连笑曰："成哉？臣窃悲其为象虎也！"平原君曰："何谓也？"鲁仲连曰："臣闻楚人有患狐者，多方以捕之，弗获。或教之曰：'虎，山兽之雄也。天下之兽见之，咸詟而亡其神，伏而俟命。'乃使作象虎，取虎皮蒙之，出于牖下。狐入遇焉，啼而踣。他日，豕暴于其田，乃使伏象虎，而使其子以戈掎诸衢。田者呼，豕逸于莽，遇象虎而反奔衢，获焉。楚人大喜，以象虎为可以皆服天下之兽矣。于是，野有如马，被象虎以趋之。人或止之曰：'是驳也，真虎且不能当，往且败。'弗听。马雷呴而前，攫而噬之，颅磔而死——今齐实象虎，而燕与宋，狐与豕也。弗戒，诸侯其无驳乎？"

明年，望诸君以诸侯之师入齐，愍王为淖齿所杀。[1]

"象虎"讲的是一个受狐狸扰害的楚国人想方设法捕捉狐狸的故事。有人教他说："虎，是山兽之王，天下的野兽见了它，全都吓掉魂似的，趴在地上等待命令。"于是他让人做了一个假老虎，拿来虎皮蒙在外面，把它放在窗户之下。狐狸进来，遇到老虎模型，吓倒在地。有一天，一头野猪出现在他的田里，于是他就让人把老虎模型埋在田里，并让他儿子拿着长戈在宽敞平坦的道路上拦截它。他大声吆喝，野猪在草丛中逃窜，遇到了老虎模型便回过身来向通衢奔去，最后被捉到了。楚人非常高兴，认为老虎模型可以降服天下的野兽。后来，野地里有一种样子有点像马的野兽，楚人带上老虎模型就跑过去。有人劝阻他说："这是驳（传说中一种像马的猛兽，以虎为食）呀，真的老虎尚且不能抵挡它，你去了必将遭难。"但是他不听。那驳马吼叫着扑上前来，抓住了他就咬，楚人头颅破裂而死。

这个寓言故事的传统寓意是：我们在生活中处理事情时必须从实际出发，具体问题具体分析，如果不看客观形势的变化，而机械移植、盲目照搬，就容易犯经验主义的错误。在中国知网上仅仅有几篇文章研究这个寓言，而且也是刊登在一些中小学教育的期刊上[2-4]，但是学者都没有从哲学的角度认识这个问题。

二、现象与本质视角的寓意阐释

笔者想从哲学的现象与本质的视角分析这个寓言故事的寓意，以此说明现象是可以模仿的，但是本质不是模仿出来的。我们分析事物、解决问题时不能被现象所迷惑，而应该深入地分析其本质。另外，对待任何事物和问题我们都应该秉承一种理性分析的思想和一种从善如流的态度，虚心接受别人意见。

（一）区分现象与本质的重要性

俗话说："人不可貌相，海水不可斗量。"这句俗语其实是很有道理的。相貌仅仅是现象，而不是一个人的本质。人的本质是需要在长期的交往中才可能了解或认识到的。在"虎象"这则寓言故事中，动物认识动物依靠的是相貌，凶恶的老虎会以它们为食，这些动物看到老虎的相貌，自然就会被吓跑。虽然变化的仅仅是外表的装束，或者说变化的仅仅是现象，但动物们是把事物的现象当作本质了，而这个楚人正是利用了这一点，才骗过了那些害怕老虎的动物。那些害怕老虎的动物见到楚人的虎象就吓跑了或服输了，这跟小鸟见到稻米地里的稻草人就吓飞了是一个道理。如果这些动物能认识到本质和现象是有区别的，那么悲剧也许就不会发生。这就告诉我们做任何事情或对待任何事物都要看清本质，不要被现象所迷惑。

（二）理性精神的重要性

这个寓言故事也说明了这个楚人缺乏理性精神，没有分析的思想。他没有分析一下当他带着老虎模型时，那些害怕老虎的动物都吓跑或服输是因为怕老虎，而不是怕他本人。但是当他想与比老虎更厉害的驳会面时，驳还会像狐狸、野猪等怕虎的动物一样逃跑吗？他没有具体情况具体分析，也缺乏理性精神，一直呈现出一副自高自大的样子。既然有人说驳比虎更厉害，那老虎模型会把驳吓跑或战胜驳吗？当然不会。真虎见到驳都要吃亏——会被吃掉的，"我"虽然装扮为虎，但本质上"我"并不是虎，"我"是人啊，"我"尚且没有虎凶猛，那个比老虎更为凶猛的驳对我来讲，不是更可怕吗？他没有进行这样理性的分析，就去与驳会面，丧命于驳口也是很正常的。

这个楚人不能正确地认识自己和驳这种动物的本质，好像自己真是凶猛的老虎一样，有点得意忘形，他也不听别人的劝告，这也是悲剧产生的根源。楚人一意孤行，没有虚心地听取别人的建议与意见，对"驳"这个动物缺乏认识。如果他认识到驳比老虎更厉害的话，也许他就不敢以老虎模型吓唬驳了。

三、启示

通过以上对"象虎"的分析可以看出：首先，现象不能代表本质，现象很容易改变，本质是不容易改变的；其次，认识事物要有分析的思想和理性的精神，要通过理性的分析来达到"知己知彼，百战不殆"的程度；最后，我们要正确地认识自己，多听听别人的建议和意见，进行适当的换位思考。这个寓言故事也说明了人类经验的局限性，经验并非不变的，经验也要与时俱进。在这个寓言故事中，楚人的经验是不可靠的，老虎模型对其他动物有震慑作用，但对驳却没有震慑作用，所以要具体问题具体分析。

❀ 参考文献

［1］刘基.郁离子［M］北京：光明日报出版社，2014：25－26.

［2］顾之川.象虎［J］.中学生阅读（高中版）（下半月），2017（11）：2.

［3］刘基，陆晓东.象虎［J］.当代学生，2012（22）：37.

［4］刘基.象虎［J］.读与写（小学中高年级版），2007（03）：14.

卖油翁：工匠精神需要熟能生巧

 内容提要

　　"卖油翁"的故事体现的就是一种熟能生巧的工匠精神,这也强调了在社会分工精细化的时代,专业化的精神必不可少,对技术性工作来说更是如此。

一、寓言故事与传统寓意

"卖油翁"的故事原文如下:

　　陈康肃公善射,当世无双,公亦以此自矜。尝射于家圃,有卖油翁释担而立,睨之久而不去。见其发矢十中八九,但微颔之。

　　康肃问曰:"汝亦知射乎? 吾射不亦精乎?"翁曰:"无他,但手熟尔。"康肃忿然曰:"尔安敢轻吾射!"翁曰:"以我酌油知之。"乃取一葫芦置于地,以钱覆其口,徐以杓酌油沥之,自钱孔入,而钱不湿。因曰:"我亦无他,惟手熟尔。"康肃笑而遣之。[1]

"卖油翁"讲的是熟能生巧的故事。康肃公陈尧咨擅于射箭,世上没有第二个人能与他相媲美,他也就凭着这种本领而自夸。他曾经在家里射箭的场地上射箭,有个卖油的老翁放下担子,站在那里斜着眼睛看着他,很久都没有离开。卖油的老翁看他射十箭中了八九箭,但只是微微点点头。陈尧咨问卖油翁:"你也懂得射箭吗? 我的箭法不是很高明吗?"卖油的老翁说:"没有别的奥妙,不过是手法熟练罢了。"陈尧咨听后气愤地说:"你怎么敢轻视我射箭的本领!"老翁说:"凭我倒油的经验就可以懂得这个道理。"于是拿出一个葫芦放在地上,把一枚铜钱盖在葫芦口上,慢慢地用油勺舀油注入葫芦里,油从钱孔注入而钱却没有湿。于是卖油翁说:"我也没有别的奥妙,只不过是手法熟练罢了。"陈尧咨笑着将他送走了。

"卖油翁"这个寓言故事通俗易懂,意味深长,非常具有教育意义,因此多年来为中学课本必选篇目。这个生动的小故事蕴含了熟能生巧这个大道理,发人深省。有学者认为这个故事的主旨不是熟能生巧,但是绝大多数学者仍然强调熟能生巧是这个寓言故事的主旨[2-4],也有学者强调"卖油翁"与"庖丁解牛"的关联性[5]。笔者认为该寓言故事与熟能生巧有着密切的联系。

二、职业技术视角的寓意阐释

一些学者仅仅从中小学语文教学、教材、教学设计等基础教育的视角探讨这个寓言故事,而没有站在职业技术视角分析这个寓言故事。笔者认为"卖油翁"更多地涉及职业教育问题,因此我们更应该从职业教育哲学或职业技术哲学的视角进行分析。当今职业技术教育应当提倡一种熟能生巧的职业精神或工匠精神[6],这也是对中国优秀传统文化的继承与发展。

(一) 从"生"到"巧"是一个过程

这个寓言故事的寓意就是"熟能生巧","熟"为什么能生"巧"? 我们可以秉承遇事问个为什么的精神来追根溯源地探讨这个问题。首先如何由"生"到"熟"呢？"生"就是指初次接触，或者说刚刚有感性认识，但是还没有达到理性认识的高度，随着试验操作次数的增多，"生"逐渐就变成"半生不熟"，在此基础上继续躬行实践，人们就逐渐地达到所谓的"功到自然成"的境界。由"生"到"熟"显然是一个漫长而艰辛的过程，这是一个量积累到一定程度就达到质的飞跃的过程，也是由随机性发展到确定性的过程。在"熟"的基础上，"巧"就产生了，从"熟"到"巧"也是一个漫长的过程。该过程不仅是一个客观的过程，也是一个主客观认识发生重大转变的过程。在从"生"到"熟"，再从"熟"到"巧"的过程中，学习者的认识和情感体验也会发生巨大变化。"纸上得来终觉浅，绝知此事要躬行"这个名句对职业教育来讲是至关重要的，职业教育就是要强调躬行的重要性。陆游的这个名句说明了只有躬行才有深刻的体会，才能总结出宝贵的经验教训，才能为下一次的实践活动提供借鉴。无论学习什么专业技术，都需要一点一滴的学习积累。在操作技能上，熟练才能产生巧。这也要求学习者要有耐心和恒心，要在掌握正确操作要领的基础上多练，逐渐地掌握并内化操作要领。中国的文明史上有无数的能工巧匠，他们之所以本领强大，可能是因为他们天生聪明过人，但是笔者认为最为重要的原因是他们后天勤奋，敢于尝试，具有耐心、恒心等很多优秀的职业品质。中国古代社会的技术在一定程度上讲是很发达的。在这种熟能生巧的工匠精神的指引下，学习者在学习上很快地从量的积累达到了质的飞跃，这种工匠精神是值得我们继承与发扬的。当然这种工匠精神也强调了勤奋的重要性。"天道酬勤"也说明了在中国古人那里，勤奋是人们都认可的一种优秀品质，这种优秀品质使中国匠人们在职业技术教育方面迈向了更高的境界。

（二）职业技术工作需要专业化精神

职业技术的专业化精神强调的是少而精，而不是大而全，这也是职业的专业化精神最基本的要求。一方面，只有具有专业化精神，人们才能在自己的职业生涯中精益求精或者说把职业技术推向一个新的高度；另一方面，知识是学习不完的，我们应该把知识整合起来，使其更好地指导职业教育，更好地服务我们的社会生活。

（三）熟能生巧是技术职业的共性特征

这个寓言故事也打破了"隔行如隔山"的传统职业观念的束缚。卖油翁秉承了一种普遍联系的观点来看待两种不同的职业，并认为两者是平等的，没有高低贵贱之分，这就体现了卖油翁的一种平等的职业观。而且他又把两者密切地联系起来，强调了两个学习者在学习上秉承了熟能生巧的哲学理念所取得的成绩。这个卖油翁虽然在射箭方面可能是"门外汉"，但是对射中的基本原理把握得很清楚明白。从宏观上讲，射箭与倒油的技巧是一样的，这就是我们经常提到的"万物同源"或"万源归宗"的思想观念。卖油翁用"熟能生巧"的职业教育哲学抽象概括出了两个职业在学习上的共性特征，也对其他凡是需要操作技能的职业进行了高度概括和总结。职业教育的学习者都应该秉承卖油翁的熟能生巧的精神，在各自的职业学习领域通过熟能生巧的方式认真熟练地掌握本职业需要的基本知识和基本技能。简而言之，熟能生巧不仅仅是射箭和倒油两个职业教育的哲学理念，对其他几乎所有涉及操作技术的职业教育来讲都具有广泛的应用性。

（四）熟能生巧的局限性

我们认为熟能生巧具有局限性其实也是秉承了职业技术哲学的精神——看待事物或分析问题要采用一分为二的观点，不仅要看到熟能生巧在职业技术学习领域有积极的一方面，也应该看到熟能生巧在其他领域中有消极的一方面。熟能生巧最适合应用在职业技术教育上，尤其对操作性技术职业有着积极的意义和影响，可以产生立竿见影的效果。但熟能生巧不是万能的，不是放之四海而皆准的绝对真理。例如在数学教育领域中，一些学者在过去批判过"熟能生巧"，因为数学在一定程度上是思维的科学，思维科学灵活性太大，甚至具有很强的随机性，这就导致了思维科学无法完全认可熟能生巧。我们一旦熟悉某种思维方式，就容易将解题的方式固定起来，按照一种模式去解决问题，这在很多情况下是行不通的。所以说在数学的思维方式上，一方面我们要强调熟能生巧，这类似于我们经常讲的大脑越用越灵；另一方面我们也不要强调熟能生巧，因为要防止出现固定思维，防止不知变通。但是像陈尧咨的射箭和卖油翁的倒油就没有多少变式了。将研究或学习确定性事件的方法应用在不确定性事件或随机事件的数学思维方式的学习上,就不可能展现出熟能生巧的全部效果。至少有一点,学习数学不仅要靠勤奋,而且还要靠动脑筋,否则学习的效果会大打折扣。从这个意义上讲,以数学为代表的理论学科的学习与以射箭或倒油为代表的操作性职业技术的学习在一定程度上是不同的,至少两者的侧重点是不同的。简而言之,熟能生巧是用在动手性职业技能上的,而不是应用在理论学科的学习上的。

三、启示

我们应该探讨"卖油翁"的工匠精神,笔者认为这个寓言故事不仅应该写在初中语文教材中,更应该写在职业教育的语文课本之中,因为这个故事体现了一种职业教育的精神——专业化的精神,这对今天技术工人的培养是有积极的意义和影响的。熟能生巧强调的就是一种职业技术精神,只有在职业教育中发扬这种精神,我们的职业教育才可能得到更好的发展。最后,笔者还需要强调的是熟能生巧必须以正确的技能动作为前提,否则就无法达到理想的效果。

❀ 参考文献 ·

[1] 教育部.义务教育教科书 语文(七年级下册)[M].北京:人民教育出版社,2016:75.

[2] 庄平悌.浅谈《卖油翁》的主旨[J].中学语文教学,2000(07):38.

[3] 冯贻联,张计安.也谈《卖油翁》的主旨:兼与庄平悌先生商榷[J].中学语文教学,2001(07):37.

[4] 张存平.《卖油翁》主旨刍议[J].中学语文教学,2018(06):56-58.

[5] 王淦生.从卖油翁到庖丁[J].福建论坛(社科教育版),2009(11):49-50.

[6] 杨远航.寻觅匠人世界 呼唤工匠精神[J].现代企业文化(上旬),2016(04):28-29.

寓言故事寓意阐释

愚公移山：科学、经济与环保

 **内容提要**

　　长期以来人们对"愚公移山"基本上都是秉承赞许的态度。但是笔者认为"愚公移山"这个寓言故事存在一些问题，例如：山不像愚公想象的那样是静止的，而是运动的；愚公的后代在很大程度上也可能不听从愚公的叮嘱，因为时代在发展；山的利益相关者——山上的动植物和依靠山谋生的人们面临着生存危机；愚公把石头等投掷到渤海边，还会给渤海水域边的生态环境带来消极影响。这些问题都是愚公需要提前慎重考虑的，而且还必须有一系列配套措施作为保障，但是愚公没有考虑这么多，以上这些问题也说明了愚公不能移山。

一、寓言故事与传统寓意

　　"愚公移山"的故事原文如下：

太形、王屋二山，方七百里，高万仞；本在冀州之南，河阳之北。

北山愚公者，年且九十，面山而居。惩山北之塞，出入之迂也，聚室而谋，曰："吾与汝毕力平险，指通豫南，达于汉阴，可乎？"杂然相许。其妻献疑曰："以君之力，曾不能损魁父之丘，如太形、王屋何？且焉置土石？"杂曰："投诸渤海之尾，隐土之北。"遂率子孙荷担者三夫，叩石垦壤，箕畚运于渤海之尾。邻人京城氏之孀妻有遗男，始龀，跳往助之。寒暑易节，始一反焉。

河曲智叟笑而止之，曰："甚矣汝之不惠！以残年馀力，曾不能毁山之一毛；其如土石何？"北山愚公长息曰："汝心之固，固不可彻，曾不若孀妻弱子。虽我之死，有子存焉；子又生孙，孙又生子；子又有子，子又有孙：子子孙孙，无穷匮也，而山不加增，何苦而不平？"河曲智叟亡以应。

操蛇之神闻之，惧其不已也，告之于帝。帝感其诚，命夸蛾氏二子负二山，一厝朔东，一厝雍南。自此，冀之南、汉之阴无陇断焉。[1]

"愚公移山"讲了愚公励志移山感动天帝的故事。太行、王屋两座山，方圆七百里，高达一万仞，本来在冀州南边，河阳的北边。北山下面有个名叫愚公的人，年纪快到90岁了，在山的正对面居住。他苦于山区北部的阻塞，出去进来都要绕道，就召集全家人商量说："我跟你们尽力挖平险峻的大山，使道路一直通到豫州南部，到达汉水南岸，好吗？"大家纷纷表示赞同。他的妻子提出疑问说："凭你的力气，连魁父这座小山都不能削平，能把太行、王屋怎么样呢？再说，往哪儿搁挖下来的土和石头？"众人说："把它们扔到渤海的边上、隐土的北边。"于是愚公率领儿孙中能挑担子的三个人上了山，凿石头、挖土块，用畚箕运到渤海边上。邻居京城氏的寡妇有个遗腹子，才刚换牙，蹦蹦跳跳地去帮助他们。冬夏换季，才能往返一次。河曲的智叟讥笑愚公，劝阻他说："你简直太愚蠢了！就凭你残余的岁月、剩下的力气连山上的一棵草都动不了，又能把泥土石头怎么样呢？"北山愚公长叹说："你的思想真顽固，顽固得没法开窍，连寡妇家的小孩子都比不上。即使我死了，还有儿子在呀；儿子又生孙子，孙子又生儿子；孙子的儿子又生儿子，他的儿子又有孙子；子子孙孙，无穷无尽，可是山却不会增高加大，还怕挖不平吗？"河曲智叟无话可答。山神听说了这件事，怕他没完没了地挖下去，向天帝报告了。天帝被愚公的诚心感动，命令大力神夸蛾氏的两个儿子背走了那两

寓言故事寓意阐释

座山,一座放在朔方的东部,一座放在雍州的南部。从这时开始,冀州的南部直到汉水南岸,再也没有高山阻隔了。

"愚公移山"的传统寓意是指做事有毅力,有恒心,不怕困难。学者大都强调"愚公移山"的积极意义和影响。[2-5]但也有少数学者对"愚公移山"表示了质疑。[6-7]梁小民从经济学的角度论证了愚公不能移山,他主要是从成本与收益的角度进行分析的,强调移山不经济、代价太大。[8]笔者认可梁先生的观点,笔者认为我们应该秉承一分为二的观点或秉承辩证的思想分析该寓言故事,这样才能比较客观如实。笔者下面将从多个视角提出疑问并论证愚公不能移山。

二、关于"愚公移山"的三点质疑

(一) 山不加增吗?

表面上山是静止的,就像愚公所说的"而山不加增",但其实这种观点是错误的,山也是在运动之中的。地理学告诉我们,有些山是上升的,有些山是下降的,只不过地壳的运动变化很微小,一般情况下人的肉眼看不出来而已。但是愚公将山上的石土或植被从原处移到另一处——渤海之滨,两地距离较远,一年只能一个来回,哪怕用当时最先进的大车,也是不容易运输的,所以需要子子孙孙无数代人的努力。在这漫长的岁月中,山大概率会发生变化。如果愚公移的山是上升的,他应该计算一下每天山上升的量与他挖去的量的关系,如果山每天增的量超过愚公每天挖掉的量,这样移山肯定是移不完的。而且在方圆七八百里的大山深处,测量山每天或每年增高的高度也是很难的,因为当时没有先进的测量工具。愚公说"山不加增"其实就是一种经验主义或理想主义,表明他缺乏量化的思想,缺乏理性的思考,也缺乏科学的考察与论证。按照"知己知彼,百战不殆"的思想,愚公一定也没有"知山",在不知山的情况下,他的挖山事业其实是很难成功的。从这个意义上讲,愚公移山其实也是一种匹夫之勇。即使移山,愚公也应该把移山的工作进行量化,使移山分步骤、有计划地进行,而不是蛮干。

（二）子孙会听话吗？

愚公所讲的"子子孙孙，无穷匮也"显然也是一种理想状态。而且子子孙孙也未必都像愚公一样非要挖山，因为人的观念并不是一成不变的，子孙后代可能并不会把挖山当作一个事业来看待。世世代代作为一个挖山工或搬运工是很苦很累的，他的子孙后代也不一定能坚持下去。愚公没有考虑到周边邻居的态度和感受，也没有考虑到我们整个社会时代发展的主旋律，没有采用普遍联系的观点分析问题，没有多听听邻居的意见和建议。在愚公那个时代人们苦于交通不发达，如果愚公生活在现代，他估计也会改变观念，认为修路架桥等比移山成本更小，更为经济，更不用提他的子孙后代了。时代在发展，人的观念在更新。人类生活在一个一切皆流、一切皆变的社会，没有什么事物可以永恒存在，人的观念也是如此，从这个意义上讲，愚公的子孙可能就不会听愚公的话。

（三）利益相关者如何安置？

山上有很多的稀有动物和植物，移山之后这些动植物如何生存呢？山上的植被明明习惯生活在山上，被扔到渤海之滨后，在大海附近还能生存吗？愚公不能仅仅考虑自己的利益，应该秉承"天人合一"的文化观念。另外，住在山脚下的村民，有的依靠到山上砍柴狩猎为生，他们都是与山的利益相关者，对他们来说，没有了山，生活也就没有了着落。愚公不能因为自己一家人的出入方便而导致靠山吃山的利益相关者的利益受损。另外，把山上的石头或土投到渤海之滨，对渤海里的生态环境也是一种破坏或污染。

三、启示

通过以上分析可以看出愚公移山的确存在很多问题，当然这可能是历史久远的原因，毕竟当时的人与现代人的思想观念是不一样的。对于山而言，人是渺小的，方圆七八百里，按照苏轼的"不识庐山真面目，只缘身在此山中"的观念来讲，愚公未必真正熟悉或了解山。从经济学的角度来讲，愚公移山是不划算的，也是缺乏理性精神的,移山的成本远远超过移山给人们带来的方便,这时候移山的价值就大打折扣了。子子孙孙可能没有因为移山而感受到方便,反而感受到了严重的负担。天帝如果不命大力神夸蛾氏的两个儿子移山的话,也许在无情的多次碰壁的现实面前,愚公的子孙也会放弃移山的念头。更何况山或许在以一种我们感受不到的方式变化着,移山的困难可想而知。愚公在移山之前未考虑山的利益相关者,这也是欠考虑的做法,我们应该在做一件事之前有个规划,哪怕最终无法兼顾每一方的利益,也应该进行协调,最终找出一个各方都满意的合适的方案。

❀ **参考文献** ⋅

[1] 叶蓓卿.列子[M].北京:中华书局,2015:123.

[2] 鲍依兰.奋斗:愚公移山精神的新时代解读[J].河南科技大学学报(社会科学版),2021,39(05):12-15.

[3] 丁素.愚公移山精神是我们永葆政治本色的力量之基[J].领导科学,2020(24):95-97.

[4] 王勇凯.愚公移山精神在地方社会发展中的价值探究[J].济源职业技术学院学报,2020,19(04):7-12.

[5] 尹悟铭.从《愚公移山》谈主题性雕塑创作的实践路径[J].美术大观,2021(11):134-141.

[6] 曹海娟.试析"愚公移山不搬家"的必然性[J].文学教育(上),2020(04):122-123.

[7] 李俊.愚公移山值得学习吗[J].创造,2017(05):92.

[8] 梁小民.寓言中的经济学[M].北京:北京大学出版社,2005.

杞人忧天：问题意识与怀疑精神

 内容提要

　　"杞人忧天"中的杞人其实有很多优秀的品质是值得后人学习的,例如他关注天人关系,具有科学研究的问题意识,具有科学的质疑、反思和批判精神。杞人的忧天意识也是我们当代社会应该继承与发展的。杞人不是一个经验论者或唯理论者,而是一个怀疑论者。

一、寓言故事与传统寓意

"杞人忧天"的故事原文如下:

　　杞国有人忧天地崩坠,身亡所寄,废寝食者。又有忧彼之所忧者,因往晓之,曰:"天,积气耳,亡处亡气。若屈伸呼吸,终日在天中行止,奈何忧崩坠乎?"

其人曰："天果积气，日月星宿，不当坠耶？"

晓之者曰："日月星宿，亦积气中之有光耀者，只使坠，亦不能有所中伤。"其人曰："奈地坏何？"

晓者曰："地积块耳，充塞四虚，亡处亡块。若躇步跐蹈，终日在地上行止，奈何忧其坏？"

其人舍然大喜，晓之者亦舍然大喜。[1]

"杞人忧天"讲的是杞国有个人忧虑多的故事。他整天担忧着天会崩坠，地会塌陷，自身将没有可以寄托的地方，以至于睡不着觉，吃不下饭。又有一个人，为他的担忧而担忧，因而前去开导他，说："天，不过是积聚的气罢了，没有一处没有气。你弯腰伸臂、呼气吸气，成天在天之中活动，为什么还担忧它会崩坠呢？"那个杞国人说："天如果真的是积聚的气，那太阳、月亮、星星，不会落下来吗？"开导他的人说："太阳、月亮、星星也只是积聚的气当中会发光发亮的，即使落下来，也不会造成伤害。"杞国人又问："那地要是塌陷下去怎么办呢？"开导他的人说道："地，不过是积聚的土块罢了，土块充盈在四面八方，没有一处没有土块。你散步、行走、踩踏、蹦跳，成天在地上活动，为什么还担心它会塌陷呢？"杞国人听了如释重负，十分欢喜。开导他的人也如释重负，十分欢喜。[2]

"杞人忧天"的传统寓意是：不要为不必要忧虑的事情忧虑。这个寓言故事流传深远，也得到了一些学者的研究。在中国传统文化中，"杞人忧天"大多是以贬义词的形式出现的；但是在今天，这个寓言故事毁誉参半。若某事发生的概率很小，这时的担心就是多余的，这种情况就是"杞人忧天"[3-4]；若某事发生的概率很大，这时的担心就不是多余的，这种情况就不是"杞人忧天"了[5-6]。有学者从宇宙问题的视角来解读这个寓言[7]，也有学者从道家消极遁世养生的视角来探讨这个寓言[8]，有学者甚至从杞人生活在一个动荡不安的时代所具有的社会责任心和危机感视角来强调忧天的必要性[9]，笔者认为最后这种寓意观点有点引申过度。也有学者强调在"杞人忧天"的教学中批判性思维的重要性[10]，还有学者从科学精神的视角探讨这个寓言故事的寓意[11-12]，这两个寓意观点是我们这个时代提倡的。还有一部分学者从中国传统文化的视角探讨这个寓言故事的寓意[13]，笔者是认可这个角度的，笔者将从文化和科学的视角来探讨这个寓言故事的寓意。

二、文化和科学视角的寓意阐释

（一）科学研究需要关注自然

从科技哲学、自然科学发展和中国传统文化的角度来说，我们不应该把"杞人忧天"这个词当作一个贬义词来解读。杞人应该忧天，因为人要有点忧患意识。杞人忧天关注的是人与自然的关系，这是最难能可贵的。要知道中国古代社会是建立在血缘关系基础上的宗法社会，为了维系这种社会的稳定就必须强调人与人的关系的重要性，人与自然的关系往往就被忽视了。人是自然界的一部分，人靠自然界生活，自然条件是人类生存发展的物质前提和基础。[14]关注人的科学与自然的科学的关系将有助于推动科学的发展。这个寓言故事就强调了我们要关注大自然。

（二）科学研究需要问题意识

其实"杞人忧天"类似于杞人提出了一个问题，即对天是否会塌下来产生了怀疑。这就说明杞人具有现代科学研究中人们经常讲到的问题意识。在科学界，人们通常认为提出问题、分析问题和解决问题是学习者能力的体现。在过去很长的一段时间里，人们认为解决问题是最重要的，但这仅仅强调了结果的重要性。岁月流逝，斗转星移，科学技术发展到今天，人们逐渐认识到提出问题似乎更重要。诚如爱因斯坦所强调的，提出问题比解决问题更重要，因为解决问题也许是一个数学上或实验上的技能而已，而提出新的问题、发现新的可能性、从新的角度去看旧问题，却需要创造性的想象力，这标志着科学的真正进步。[15]杞人的伟大之处就在于他具有很强的问题意识，他发现了问题，并且提出了一个比较科学的问题，虽然这个问题表面上看起来有点幼稚可笑，但是很多科学研究就是从这些幼稚可笑的问题开始的。科学研究首先要有问题意识，科学的进步主要是建立在这种质疑、反思和批判精神的基础上的，从这方面来讲杞人是值得肯定的。"杞人忧天"的精神就是一种科学精神,也是一种哲学精神,但我们也必须承认"杞人忧天"仅仅存在于哲学思辨的层面,而没有进入科学实证的层面,这是很可惜的。笔者认为,如果杞人是一个楷模,"杞人忧天"就是一个褒义词,至少是一个中性词,如果中国古代科学家在"杞人忧天"意识的引导下逐步深入地研究科学,也许他们会做出更大的科学贡献,中国古代的科学技术水平也许更高。

(三) 当代人应该具有忧天意识

现在我们知道杞人忧虑的事情是不会发生的,天是不会塌下来的,只不过地球上空厚厚的像棉被一样的大气层可能会被人类污染,人类目前忧虑的是自然生态环境的保护问题。生态破坏、环境污染、资源枯竭等都是人类不可回避的问题,在这种情况之下,我们更应该像杞人一样具有忧天意识,当然也要把这种忧天的意识转化为自己的行动,因为人类的活动对自然的影响太大了,我们一定要解读出这个寓言故事中蕴含的正能量,越早意识到保护环境的重要性越好。

(四) 怀疑是科学发展的第一步

还需要强调的是,很少有人像杞人一样具有忧天意识,从西方认识论的经验论和唯理论的观点来讲,杞人不是一个经验论者,因为如果杞人是经验论者的话,他会按照经验推理:在他之前,天从来没有塌下来,现在天也没有塌下来,那之后天也不会塌下来。当然这种推理结果未必正确,杞人也没有按照这个思路去想,因此杞人不是经验主义者。那他是唯理论者吗?也不是,或者说我们没有办法从寓言故事的信息中判断他是否是唯理论者,但是杞人确实是一个怀疑论者。质疑、反思和批判的精神是我们需要发扬光大的精神,也是科学发展的第一步!

三、启示

时代的发展要求我们不仅应该关注人与人之间的关系,更应该强调人与自然之间的关系。在这个寓言故事中,杞人与开导者的对话展开得并不是太深入,开导杞人的人事实上是一个经验主义者,他是依靠直观的经验和思辨的语言来说服杞人的,这种解决问题的方式过于哲学化,缺少理性的实证分析和严密的逻辑推理。或者说这个开导杞人的人仅仅依靠的是语言的定性描述,而没有达到我们今天所强调的实证科学的量化高度,这也告诉我们应该学习杞人的怀疑精神,强化问题意识,培养科学的实证精神。

❋ 参考文献·

[1] 叶蓓卿.列子[M].北京:中华书局,2015:20-21.

[2] 叶蓓卿.列子[M].北京:中华书局,2015:22.

[3] 黄大智.报复性存款纯属杞人忧天[J].商业观察,2020,(09):78-80.

[4] 艾冰,CFP.对人工智能的犹疑是不是杞人忧天[J].企业观察家,2017,(12):49-51.

[5] 兰顺正.小行星防御,并非杞人忧天[J].世界知识,2023,(10):72-73.

[6] 王晓涛.无人驾驶车载雷达互相干扰并非杞人忧天[N].中国经济导报,2021-12-24(002).

[7] 谭家健,李淑琴."杞人忧天"与宇宙问题的争论[J].天津师院学报,1978,(01):91-93.

[8] 何社林,蒋莉.走向休闲:"杞人忧天"寓意解读[J].求知导刊,2015,(16):157-158.

[9] 霍然."杞人忧天"辨[J].杭州电子科技大学学报(社会科学版),2011,7(03):28-32+41.

[10] 黄志达.论批判性思维如何融入文学类文言文教学:以《杞人忧天》教学为例[J].语文教学之友,2020,39(05):38-40.

[11] 程恺.由"杞人忧天"看理性科学精神与中国社会[J].重庆邮电学院学报(社会科学版),2004,(02):94-96.

[12] 严火其,杨捷.科学精神与"杞人忧天"[J].学海,2001,(06):107-109+208.

[13] 颜廷德.《杞人忧天》的文本解读与寓意探析[J].中学语文,2023,(23):76-77.

[14] 郎廷建.马克思恩格斯人与自然关系思想考论[J].武汉大学学报(哲学社会科学版),2023,76(04):91-98.

[15] 孔企平.小学数学课程与教学[M].上海:华东师范大学出版社,2016:262.

滥竽充数：人的自觉与管理制度

 **内容提要**

　　虽然"滥竽充数"的寓言故事是家喻户晓的，但是我们应该从两个视角分析其寓意：一是作为"员工"的南郭先生的视角，二是作为"管理者"的齐宣王和齐湣王的视角，或者说"制度视角"。虽然社会各个领域都在杜绝"滥竽充数"的现象，但是笔者认为只要存在集体活动，就会有个体差异，就会出现"滥竽充数"的现象。这个寓言故事告诉我们要诚实做人，以真功夫谋业；管理者要设计有利于个人考核评价的约束激励制度。

一、寓言故事与传统寓意

"滥竽充数"的故事原文如下：

　　齐宣王使人吹竽，必三百人。南郭处士请为王吹竽，宣王说之，廪食以数百人。宣王死，湣王立，好一一听之，处士逃。[1]

  "滥竽充数"讲的是南郭先生不会吹竽却混在人群中的故事。齐宣王让人吹竽，而且一定要听三百人的合奏。南郭先生就请求给齐宣王吹竽，宣王对此感到很高兴，给他丰厚的俸禄。齐宣王去世后，齐湣王继承王位，他喜欢听独奏，南郭先生听后便逃走了。

  "滥竽充数"的传统寓意是：做人应当实事求是，具备真才实学。没有真正的才华和技能却试图欺骗他人，那么他最终是无法维持现状的。任何形式的弄虚作假都难以持久，终将被人发现并揭露，这是从南郭先生的视角进行的阐释。我们也可以从齐宣王和齐湣王的视角探讨这个寓言故事的寓意。有学者旨在通过分析南郭先生混进宫廷的闹剧，揭露齐国政治的黑暗和体制的弊端，说明只有改革体制才能消除弊端、昌明政治、求强致富的道理[2]，这种观点当然值得肯定。各行各业都拒绝滥竽充数，这是合理的。但是各行各业都需要有针对性地进行制度建设，像齐湣王一样有一个良好的制度设计，这样就可以有效防止"滥竽充数"的行为和现象出现。[3-4]笔者认为从南郭先生的视角和制度视角分析这个寓言故事得到的结论才比较客观。

二、个人与制度视角的寓意阐释

（一）"滥竽充数"现象产生的个人原因分析

  从南郭先生个人的角度来讲，他这种得过且过混日子的心态是需要反省的。而且这种"滥竽充数"的行为一旦被人们发现，是无法继续下去的，而且以后无论是吹竽还是干其他的工作，他可能就很难抬起头了。即使在齐宣王这里混下去，南郭先生每天上班的时候也应该是忐忑不安的，生怕被别人发现，这也给自己的生活或心理带来了巨大的压力。因此这个寓言故事的教育意义是十足的，要求学生在学习的过程中要学习真功夫，学会真本事，在方方面面都不能滥竽充数，否则从长远来看，吃亏的还是自己。因此，诚实的态度和踏实的作风在任何时候都是必要的。

(二)"滥竽充数"现象产生的制度原因分析

以上是从个人的角度来探讨的寓意,但是宏观的社会制度环境也有待改革。"滥竽充数"这种现象之所以能够产生,是因为社会具有产生这种现象的文化土壤。从宏观的角度来讲,齐宣王这种集体吹竽的制度是存在问题的,不利于优秀吹竽人才的选拔和管理。齐宣王的生活是很奢靡的,规模如此宏大的吹竽队实际上有点劳民伤财,当然我们也不否认齐宣王的这种做法促进了当时齐国人的就业,拉动了齐国的经济发展。齐宣王从来没有思考过三百个吹竽人的水平按理说应该是参差不齐的,这种三百人集体吹竽的方式也容易让像南郭先生一样的滥竽充数者存在。齐宣王的这种集体吹竽的制度安排导致优秀吹竽手的积极性下降,因为他们认为自己的吹竽水平比其他吹竽手的水平高,但是大家的待遇却是一样的,因此他们会感到不公平,可能就不再真实地展示他们的吹竽水平了。所以齐宣王的这种集体吹竽的制度安排不利于他们个人才华最大限度的发挥,或者说这种吹竽制度埋没了大量优秀的吹竽人才。

从概率与统计的角度来讲,这种集体吹竽制度下的吹竽水平很类似于概率与统计中的平均数。平均数这个统计量不会反映个体的情况,它反映的是一个总体情况,这个统计指标往往给人一种假象:总体的平均水平高,个体的水平就高。这种假象当然是错的。集体吹竽制度反映的不是个体的吹竽水平,而是总体的吹竽水平。这个总体的吹竽水平把那些优秀的吹竽手的水平拉低了或者说总体的吹竽水平把那些比较差的吹竽手的水平拉高了。像南郭先生一样比较差的吹竽手可能存在一种侥幸的心理,还在暗自庆幸,但那些优秀吹竽者的积极性却深受打击。这种情况在本质上是不公平的,当然这种不公平的现象是由齐宣王的集体吹竽制度造成的。齐宣王没有制定明确的约束激励制度或奖罚制度,统一的粗放型的管理方式导致了"滥竽充数"现象的出现,这个故事对各行各业都有积极的警示作用。

三、启示

　　以上是笔者从个人和制度两个视角对"滥竽充数"这个寓言故事进行的寓意阐释,"滥竽充数"其实也是有很多变种的。在经济学上有一个原理叫"劣币驱逐良币",这个原理的大意是说:在一个良币与劣币共存的市场中,人们往往把良币收藏起来,而把劣币抛出去进行商品的交易活动,就这样久而久之,在市场上流通的全是劣币,良币都被收藏了。这种现象不是太好,但是现实生活中就是存在这种现象,这种现象其实就是"滥竽充数"的"变种"。齐宣王的这种集体吹竽制度如果长期实施下去,优秀的吹竽人可能会产生不满,甚至一走了之,最后可能剩下的都是像南郭先生一样不会吹竽的人,这种制度对谁都是不公平的,它伤害了优秀的吹竽人,也纵容了像南郭先生这样的人,不利于整个社会风气的好转。

　　如何杜绝"滥竽充数"的现象呢?齐湣王给出了答案:一个人一个人地吹竽就可以杜绝"滥竽充数"的现象。作为一种不认真的态度,一种不好的习惯,一种马马虎虎混日子的作风,"滥竽充数"对个人和社会的影响都是消极的。管理者应该采用有效的制度措施,杜绝"滥竽充数"现象,我们个人也应该避免产生得过且过和蒙混过关的心理,真才实学才是长久发展的硬道理。

❀ 参考文献 ·

［1］高华平,王齐洲,张三夕.韩非子［M］.北京:中华书局,2015:345.

［2］王铎."滥竽充数"新解［J］.理论月刊,1986(08):51.

［3］钱富良."滥竽充数"纠问制度缺失［N］.人民法院报,2011-09-17(002).

［4］秦继玉,廖嫣.重解"滥竽充数"［J］.企业管理,2011(06):36-37.

寓言故事寓意阐释

东施效颦：强调精神继承重要

 内容提要

　　人们总是讲榜样的力量是无穷的，但是对榜样的学习不是具体的、简单的物质模仿，而是抽象的、创新的精神继承。时代的车轮滚滚向前，具体的物质迟早会淹没在历史的尘埃中，唯有精神是永恒的，也是值得后人发扬光大的。

一、寓言故事与传统寓意

"东施效颦"的故事原文如下：

　　今取猿狙而衣以周公之服，彼必龁啮挽裂，尽去而后慊。观古今之异，犹猿狙之异乎周公也。故西施病心而颦其里，其里之丑人见而美之，归亦捧心而颦其里。其里之富人见之，坚闭门而不出；贫人见之，挈妻子而去之走。彼知矉美，而不知矉之所以美。[1]

"东施效颦"讲的是东施学美女西施的样子，却丑得可怕的故事。美女西施害心病而皱眉头，邻里的丑女人东施见了就觉得她这样很美，回到家里也用手捂着胸口而皱起眉头。邻里的富人看见了，便紧紧地关闭房门不出来；穷人看见了，便带领着妻子儿女逃走了。东施只知道皱眉头好看，却不知道皱眉头好看的原因。

"东施效颦"通常被认为是一个贬义词。庄子的原意就是强调东施不可仿效西施，东施只是知其然，而不知其所以然，结果模仿效果很不理想。因此，这个寓言故事的传统寓意是：盲目模仿，效果会很坏。经济学家梁小民强调，任何一种模式的形成都有其特殊的历史条件，正是在这个意义上，我们学习别人的成功经验时必须牢记"东施不可效西施"。[2]也就是说通常情况下每个人的具体情况是不一样的，学习别人经验的时候要考虑自己的实际情况，考虑大家的差异性，而不能生搬硬套。"东施效颦"也说明了由于个性差异的存在，做事情不能简单地依靠模仿，对榜样的学习并不是具体的物质模仿，而是抽象的精神继承。

二、寓言故事寓意的阐释

（一）模仿的局限性

人们经常讲的一句话是"榜样的力量是无穷的"，但笔者认为这句话不是放之四海而皆准的真理，我们在模仿榜样的时候不能只强调事物的可比性，而忽视事物的不可比性。这种思想观念对我们当代各个领域的发展都是有一定的教育意义和参考价值的。在笔者看来，"我们要成为像……一样的人/学校/公司"等口号和标语其实都是值得反思的。东施在"效颦"时没有发自灵魂深处的质疑与批判，也没有从自己的实际情况出发，而是一味地模仿。从哲学上讲，东施的这种"效颦"行为放大了事物的共性，忽视了事物的个性或差异性。在某种程度上，在教育、经济、文化、社会等各个领域，榜样的力量都是有限的，我们要客观地看待榜样的力量。同时从与时俱进的角度来讲,后现代主义思潮盛行时期强调个体的差异性,选择的多样性和解释的多元性成为这个时代的主流,人们追求的往往不是绝对的、永恒的和普遍的真理。人们的行为规范是可以被效仿的,但是在今天追求个性自由的环境中,模仿遭到了一定程度的冷落,因为独特的个性化的人之间没有真正的可比性。因此,我们在各个领域都应该谨慎地对待这种"我们要成为像……一样的人/学校/公司"的模仿观念。

(二) 榜样的抽象继承性

毋庸置疑,东施在衣着打扮等很多方面是需要向西施学习的,但是这种学习不应该局限于有形的、物质的或具体的学习,更应该深入到无形的、抽象的文化精神层面的学习——而且这个精神层面是从纷繁复杂的物质层面抽象概括出来的。东施没有发现西施美丽的本质,那她就更不应该一味地盲目模仿西施。在当下的教育领域,当我们提倡或强调"向某某同学学习""成为像某某同学一样的人"的时候,我们应该考虑其他同学与这位被大家学习的同学的成长历程、生活阅历、家庭情况、文化背景等有没有相同或相似的地方。如果没有,甚至是天壤之别,那对他们来说可效仿性或者榜样的力量就是有局限的了,"向某某同学学习"就仅仅只能是一种抽象的、精神的继承而已,而不可能是具体的、现实的一板一眼的模仿。比如说,会游泳的 A 同学因救意外落水的儿童而受到表扬,学校倡导向 A 同学学习,但是 B 同学如果不会游泳,就不能直接模仿或者照搬 A 同学下水救人这一做法,而应该学习 A 同学乐于助人的精神,想其他办法(如大声呼喊求救周围人员、给落水者抛可施救物体等)实施救援。如果 B 同学不从实际出发,在不会游泳的情况下下水施救,很可能不仅达不到施救效果,还会让自己陷入危险中。从东施的角度来讲,她应该学习的不应该是西施的这种具体的"用手捂着胸口而皱起眉头"的做法,而是西施这种由内而外的气质。时代在发展,人类在进步,具体的物质没有办法保留千秋万代被后人原封不动地继承,因为前人所用的物质工具在历史的长河中也会变化和消失,唯有抽象的精神才能一直传承下去。

三、启示

以上笔者对"东施效颦"这个寓言故事的阐释,说明了榜样的力量未必是无穷的,而是有局限性的。虽然需要学习榜样,但是学习也并不是简单的物质层面的模仿,而应该是精神层面抽象的继承与发扬,甚至是创新。

❀ 参考文献 ·

[1] 方勇.庄子[M].北京:中华书局,2015:233.
[2] 梁小民.寓言中的经济学[M].北京:北京大学出版社,2005:256.

寓言故事寓意阐释

驮盐的驴：学习知识与学会反思

 **内容提要**

　　寓言故事"驮盐的驴"讲的是一个认识论的问题，同样也强调自然科学知识和认识差异性的重要性，在一定程度上还说明了归纳推理和经验的局限性，毕竟海绵与盐是两样不同的东西，海绵是吸水的，在水中是会变重的，而盐在水中会溶化，驴背上的负担自然就变轻了。这头驴子不懂得自然科学知识，于是就不加区分地采用归纳法，认为凡是他驮的东西下水都会变轻的，结果悲剧就产生了，毕竟它对海绵与盐这两种东西的性质基本上是一无所知的。

一、寓言故事与传统寓意

　　"驮盐的驴"的故事情节如下：

有头驴驮盐过河，一不小心滑跌在水里。盐溶化了，他爬起来后觉得背上的负担轻了，心里很高兴。又一回，他驮着海绵过河，心想跌倒后再爬起来，背上的负担肯定也会减轻，于是就故意滑了一跤。结果可想而知，海绵进水后一膨胀，驴子再也爬不起来，便淹死在河里，一命呜呼了。[1]

该寓言故事的传统寓意是：在不了解事物的真相或规律之前，仅凭一些以往的经验或者事物的表象就行动，往往会出问题，甚至酿成大祸。驴子倘若懂得盐遇水溶化，所以背上的重量才减轻，而海绵遇水会吸水，所以背上的重量会增加这个道理的话，也就不会被淹死了，可见科学知识和反思精神的重要性。

二、学习知识与学会反思视角的寓意阐释

这个故事至少说明以下问题：首先，这头驴子没有反思、质疑和批判的精神；其次，自然科学知识非常重要。当他驮着的盐遇水变轻时，他应该反思究竟是什么原因让背上的负担减轻，也应该质疑会不会有变重的情况呢？如果变重的情况出现了，自己背上的东西加重了，超出了承受范围，那自己会不会有被淹死或被压死的可能呢？这头驴子是没有理性精神的。后来当他驮着海绵过河的时候，他还想利用归纳法故技重演。问题是他这个归纳法是不成立的，他的归纳逻辑是：只要驮的东西遇到水，背上的重量都应该是减轻的。他强调了盐与海绵的共性，但是没有区分盐与海绵的差异性。这头驴子没有反思、质疑和批判的精神，也欠缺自然科学知识，他对海绵在水中会吸水变重的性质不太理解，所以才会做出错误的决定。

三、启示

从知行观的视角来讲，该寓言故事强调的就是先知后行，用知来指导行。自然科学知识非常重要，没有知识指导的行动可能是盲目的行动，没有理论指导的

实践可能是冲动的实践。这个寓言故事的教育意义之一就是鼓励学生学习好自然科学知识，以便更好地解决现实生活中的问题。同时，该寓言故事也说明传统或习惯性的做法不一定对，要敢于反思、质疑和批判，了解事物的差异性，这样才能帮助自己做出正确的选择。

✿ 参考文献

［1］伊索.伊索寓言全集［M］.李汝仪，译.南京：译林出版社，2019：188－189.

驮盐的驴：学习知识与学会反思

小马过河:自我体验与测量推理

 **内容提要**

　　"小马过河"的寓言故事蕴含了长度测量的数学思想,通过测量老牛与松鼠的身高,再与小马的身高作比较就可以大致地判断出小马是否可以安全过河。把小马是否能够过河的问题进行数学化的处理,展示了数学在现实生活中的广泛应用。"小马过河"应用了估算的思想、平均数的思想、测量的数学理论等。

一、寓言故事与传统寓意

"小马过河"的故事情节如下:

　　马棚里住着一匹老马和一匹小马。小马从生下来以后就一直待在老马身边,从来没有离开过。有一天,老马对小马说:"你现在已经长大了,能帮妈妈做些事吗?"小马连蹦带跳地说:"好哇! 我很愿意帮您做事。"老马高兴地说:"那好哇,你把这半口袋麦子驮到磨坊去吧。"

小马驮起口袋,飞快地往磨坊跑去。跑着跑着,小马遇到一条小河,河水哗哗地流着,挡住了去路。小马为难了,心想:"我能不能过去呢? 要是有妈妈在身边就好了,可以问问它该怎么办。"可是离家很远了。它向四周望望,看见一头老牛在河边吃草。小马"嗒嗒"跑过去,问道:"牛伯伯,请您告诉我,我能蹚过这条河吗?"老牛说:"水不深,刚没小腿,你能蹚过去。"

小马听了老牛的话,立刻跑到河边,准备蹚过去。这时从树上跳下一只松鼠,拉住它大叫:"小马! 别过河,河水很深,会淹死你的!"小马吃惊地问:"水很深吗?"松鼠认真地说:"当然啦! 昨天,我的一个伙伴掉在这条河里就被淹死了。"小马连忙收住脚步,不知道怎么办才好。它叹了口气说:"唉! 还是回家问问妈妈吧!"小马甩甩尾巴,又跑回家去。

妈妈问:"怎么回来啦?"小马难为情地说:"一条河挡住了去路,过……过不去。"妈妈说:"那条河很浅哪!"小马说:"是呀! 牛伯伯也这么说。可是松鼠说河水很深,还把它的伙伴给淹死了呢!"妈妈说:"那么到底是深还是浅呢? 你仔细想过它们的话吗?"小马低下了头,说:"没……没想过。"妈妈亲切地对小马说:"孩子,不能光听别人说,自己不动脑筋。这怎么行呢? 你想一想,再去试一试,就会明白了。"

小马再次来到河边,它刚抬起前蹄,松鼠就大叫起来:"小马,你不要命啦!"小马说:"让我试一下吧。"它一面回答,一面下了河,扑通扑通地蹚过去了。小马这才发现河水既不像老牛说的那样浅,也不像松鼠说的那样深。它开心地把麦子驮到磨坊,顺利完成了任务。[1]

这个寓言故事属于典型的认识论问题。首先需要肯定的是,小马面对牛伯伯与松鼠的两种不同的观点,没有贸然过河,这种做法是对的,因为生命是最重要的,万一小马贸然过河被淹死怎么办,这是必须考虑到的。不懂就问也是没有错的,不懂就问比贸然行事要好得多。在安全面前宁可保守一些也不要冒险。"小马过河"的传统寓意一般是要具体情况具体分析,不能仅仅听从别人的观点,只能把别人的建议当作参考,最终要通过自己的思考和实践去验证。"小马过河"里蕴含的丰富的数学知识,是值得挖掘与提炼的,笔者将从数学视角和经验主义视角阐释寓言故事的寓意。

二、数学视角和经验主义视角的寓意阐释

这个寓言故事强调了认识自我的重要性,别人的经验教训仅仅是别人的经验教训,对我们来讲仅仅是参考,我们主要是根据别人的经验来推导或判断出自己的情况。老牛与松鼠的判断都是以它们自己的身高为标准的。

"小马过河"蕴含了深刻的数学思想,可以把"小马过河"的问题归结为小学数学教科书中的"测量"问题,以此更好地培养学生的理性精神和数学素养。小马能不能过河或者说该不该过河取决于河水的深度与小马的身高,而小马的身高是已知的,河水的深度虽然是未知的,但是可以通过间接的方式测量河水的大致深度,而且这也不需要小马亲自躬行,借助老牛已有的过河经验就可以间接地了解河水大致的深度,当然松鼠的身高也是一个参考指标。从老牛给出的信息可以看出,河水的深度在老牛的小腿处,如果小马充分利用这些信息,就可以做出比较合理的判断。小马应该看牛伯伯的小腿处对应自己的哪个身体部位,这个是很关键的,如果牛伯伯的小腿处对应小马的小腿或大腿处,那小马其实是可以安全过河的;如果牛伯伯的小腿处对应小马的头部,那小马是无法或不能过河的。从寓言故事最后的结局来看,小马过河是安全的。故事中的松鼠淹死了,若以松鼠的身高为标准,我们只能判断出比松鼠矮的动物肯定无法过河,而比松鼠高的小马能不能安全过河就不知道了,所以小马按照牛伯伯强调的小腿处的标准来判断是否可以安全过河才是科学的做法。这种方法在一定范围内应该说是比较有效的,当然,小马也需要在渡河之前请教一下牛伯伯渡河的地点,最好沿着牛伯伯的渡河路线过河。

马妈妈秉承的可能是一种经验主义的学习观。其实马妈妈让小马做这件事的时候,在某种程度上已经给小马很多暗示了,因为既然让小马办这件事了,而且也知道小马必须要过那条河,因此马妈妈早就已经知道河水不会影响小马过河。我们常说的"老马识途"依靠的就是经验主义。小马虽然回去问它妈妈该怎

么办,但是马妈妈并没有直接告诉小马答案,这是值得我们老师学习的。在教学中,老师不要直接把答案抛给学生,进行灌输式的教育,而应该像马妈妈一样进行引导启发,让小马通过独立思考来找出问题的正确答案。这强调了在学习中动脑筋的重要性。

三、启示

笔者认为这个寓言故事也存在着一个问题,小马是驮着东西过河的,河水的深浅和小马的身高决定了小马驮的麦子会不会碰到水,如果河水部分淹没麦子,那麦子是会变重的,对小马的行走可能造成影响,这个问题其实是值得考虑的。在探讨这个寓言故事的寓意时其实可以把小马驮的东西忽略不计,因为麦子遇水变重在这个故事中不是主要因素或不是寓意的主要体现点。当然,在创作时,不要说小马身上驮着东西,说小马由于其他原因在不驮东西的情况下过河,这样就不会产生更多的歧义了。在这个寓言故事中还有一个量是很重要的,就是河水的深度自从老牛过河之后没有发生变化,或即使发生了变化,但是影响不是太大,否则小马过河可能重犯"楚人过河"的错误。从文中可以看出小马在过河时是先借鉴别人的经验,它秉承的思想从根本上讲仍然是一种经验主义,测量比较一下自己与老牛的身高然后再做出判断,将是最科学或理性的选择。

❀ 参考文献

[1] 刘敬余.中国古今寓言[M].北京:北京教育出版社,2020:118-119.

惧鼠之猫：强调后天环境的影响

 **内容提要**

"惧鼠之猫"这个寓言故事描写了猫从善捕鼠到惧鼠的变化,强调了后天环境对人的活动的影响是巨大的。

一、寓言故事与传统寓意

"惧鼠之猫"的故事原文如下：

卫人束氏,举世之物,咸无所好,唯好畜狸狌。狸狌,捕鼠兽也,畜至百余,家东西之鼠捕且尽。狸狌无所食,饥而嗥,束氏日市肉啖之。狸狌生子若孙,以啖肉故,竟不知世之有鼠,但饥则嗥,嗥辄得肉食。食已,与与如也,熙熙如也。

南郭有士病鼠,鼠行有堕瓮者,急从束氏假狸狌以去。狸狌见鼠双耳牟,眼突露如漆,赤鬣,又磔磔然,意为异物也,沿鼠行不敢下。士怒,推入之。狸狌怖甚,对之大嗥。久之,鼠度其无他技,啮其足,狸狌奋掷而出。[1]

"惧鼠之猫"讲的是卫国有个姓束的人家,没有别的嗜好,专爱养猫,最终他养的猫不再会捕鼠的故事。他家养了一百多只大大小小、颜色不同的猫。这些猫先把自己家的老鼠都捉光了,后来又把周围邻居家的老鼠也捉光了。猫没吃的了,饿得"喵喵"直叫。束家就每天到菜场买肉喂猫。几年过去了,老猫生小猫,小猫又生小猫。这些后生的猫,由于每天吃惯了现成的肉,饿了就叫,一叫就有肉吃,吃饱了就晒太阳、睡懒觉,竟不知道世界上还有老鼠,更不知道自己担负着捕鼠的天职。城南有户人家老鼠成灾,他们听说束家猫多,就借了一只猫回家逮老鼠。束家的猫看见地上那些耸着两只小耳朵,瞪着两只小眼睛,翘着小胡须,一个劲"吱吱"乱叫的老鼠就感到非常新鲜,又有点儿害怕,所以只是蹲在高处看,不敢跳下去捉。这家的主人看见猫这么不中用,气坏了,就使劲把猫推了下去。猫害怕极了,吓得直叫。老鼠一见它那副傻样子,估计它也没有多大能耐,就一拥而上,有的啮猫的脚,有的咬猫的尾巴。猫又怕又疼,便使劲一跳,逃跑了。[2]

该寓言故事的传统寓意是:对于优越的生活条件,我们如果不能正确看待,就会被它磨灭意志,最后变成一个一无是处的人。

二、后天环境的影响是巨大的

从科学角度来讲,老鼠体内有对猫来说不可或缺的牛磺酸,所以猫热衷于捕鼠。[3]按照我们的理解,老鼠天生就是怕猫的,或猫天生就是吃老鼠的。但是这个寓言故事里的反常现象说明了一个问题:虽然猫捉老鼠的本领是天生的,但是后天的学习与环境的影响也是非常重要的,甚至可以改变本性,这只畏惧老鼠的猫就是因环境影响而改变了天性。

从这个寓言故事中我们发现吃老鼠的猫与吃肉的猫过着两种不同的生活:一种依靠自己辛苦的劳动获取食物,也就是所谓的自食其力,这种生活方式使猫获得了生活上的独立和主人的尊敬；另一种过着饭来张口的生活，逐渐变懒了，也失去了捕鼠的技能。或者说，前一种生活是一种自力更生、艰苦奋斗的主动生活，而后一种生活则是养尊处优、被主人圈养的被动生活。后一种生活中的猫的饮食习惯已经发生了根本的变化，毕竟自己有吃有喝，没有必要冒这么大的风险去捕老鼠，这种安逸的生活会让一个人或动物的本性发生变化。

三、启示

这个寓言故事充分说明了后天生活环境对人发展的重要影响。事实上寓言故事中的这个猫也不在捉老鼠的状态，更没有捉老鼠的战斗激情，也就是说，后天环境影响一个人的行为，更影响一个人的心态。因此，我们的教育要强调后天的学习和环境影响的重要性。

寓言故事寓意阐释

❀ 参考文献·

［1］吴振标.中国古代名篇分类精赏　第2卷［M］.上海：文汇出版社，2000：189－190.

［2］刘敬余.中国古今寓言［M］.北京：北京教育出版社，2020：100－101.

［3］祁同军.捉老鼠的秘密［J］.小学生导刊（低年级），2010（01）：36－37.